人妻母乳上司

～職場で乳の匂いをさせる人妻上司を寝取り孕ませ！～

著：有巻洋太

画：T-28

原作：Miel

PB オトナ文庫

人妻母乳上司
～職場で乳の匂いをさせる
人妻上司を寝取り孕ませ!!～

登場人物

倉田美穂 くらたみほ

優しげな美貌と、はちきれんばかりの爆乳を併せ持つ女性社員。

地方都市のランジェリーメーカー勤務で、チームリーダーを務める若手の有望株。温和で包容力があり、部下からの信頼も厚い。

優しい夫との間に第一子をもうけて、育休を経て近頃職場に復帰したばかり。公私ともに充実した生活を送っているかに見えるが、夜の夫婦生活だけは物足りなさを感じている様子……？

蒼穹蓮人 そうきゅうばすと

ランジェリーメーカーの男子社員。上司である美穂に恋心を懐き、彼女にふさわしい男になろうとがんばってきたのだが……。

目次 Contents

プロローグ

蒼穹《そうきゅう》蓮人《ぱすと》がとある地方都市のランジェリーメーカーに入社して早四年。あまり業務能力の出来がよろしくない蓮人は連日のように残業続きだった。

残業代が稼げるからべつにいいかと本人に向上心が欠けているのも残業が減らない理由のひとつだ。有り体にいって典型的なぐーたら社員だろう。

そんな彼も入社当初はやる気に満ちたニューフェイスだった。バリバリ働いてガンガン出世する。アレもほしいコレもほしい。可愛い彼女はもっとほしい。わかりやすいほどに物欲と性欲がみなぎっていた。

運命的な出会いは担当部署に配属された初日だった。新人の蓮人の直属の上司であり教育係となったのが前田美穂《まえだみほ》だった。

前田美穂は蓮人より五歳年上でチームリーダを任されていた。社内の若手の中では一番の有望株で管理職からの信頼も厚い。その上、周囲への気配りも行き届いており、急な仕事の手伝いでも嫌な顔ひとつしない。

蓮人は美穂と会って数時間後には完全に惚れてしまっていた。優しげなお姉さん系で胸元がはち切れそうな豊満なバストだったのも好みのど真ん中だったのだ。この時点で蓮人の脳内で将来は美穂と結婚するしかないと人生目標が定まった。

まず彼女を口説けるレベルの男になろうと思えば、自ずと仕事にも熱が入る。美穂にしても積極性に満ちている新人には目をかけたくなるわけで、自然と面倒を見る機会も増えた。蓮人にしてみれば着実に美穂からの好感度は上がっており、一年ほど経過したあたりでそろそろ告白するには良いタイミングなのではと思い始めていた矢先。

前田美穂は倉沢《くらさわ》美穂になっていた。

まさに青天の霹靂《へきれき》。寝耳に水。確かに蓮人と美穂の仲はかなり良くなっていた。

だがそれはあくまで仕事の同僚としてで美穂にしてみれば蓮人は可愛い後輩でしかなく決して男女の好意によるものではなかったのだ。ひとりで勝手に舞い上がっていた蓮人が気づかなかっただけで、美穂はしっかりと社外の男性と将来を見越した健全な交際を重ねていたのだった。遅まきながらそのことに気づいた蓮人はすっかり心が折れてしまい、仕事への情熱もきれいさっぱり冷め切ってしまった。

転機はそれから三年後。育休を取っていた美穂が業務に復帰してからになる。

第一章　巨乳人妻上司

蓮人が務める企業は職種の関係上、女性社員が多い。

そのため手厚い産休、育休もしっかり完備している。

もちろん男性社員にも育休の権利が与えられているので子供を望む夫婦からの評判がよく、人材募集の面から見てもかなり成功している部類だった。

そして最近その育休から復帰してきたのが倉沢美穂だ。

美穂と家庭を築く夢は破れたものの、蓮人には相変わらず頼れる有能な女上司だ。

一方的に望みを絶たれた状況になったのはあくまで蓮人個人の都合であり、美穂の態度は以前からなにひとつ変わっていない。

手の届かない存在になってしまったとはいえ、憧れの存在に変わりはない。

しかし、蓮人の想いはかなり鬱屈《うっくつ》としたものになっていた。かつての美穂へのまっすぐな好意はドロドロした粘着質で過剰な性欲へと変質している。

夜の日課となっているオナニーのオカズは百パーセント美穂だけだった。

妄想の中で蓮人はいつも美穂を凌辱していた。

無理やり押さえつけて衣服を剥ぎ取り、豊満な乳房を好き勝手に揉みしだきながら剛直でこれでもかと犯し続ける。

もちろんフィニッシュは中出しだ。

自分の子種で孕ませることで他人の人妻となった美穂を奪い取るのだ。

……まあ、本人の前ではしっかり猫をかぶって無害な後輩を装ってはいたが。

邪心を悟られなければ、美穂は意外と脇が甘い。

双丘の谷間がチラチラと見え隠れしている胸元や、女性らしくムッチリと脂肪が乗った太ももをバレないようにこっそり視姦するのが勤務中の密かな楽しみだったりする。

そんなわけで美穂が復帰してからは蓮人のテンションは日増しに上がる一方だった。

ひとりで残業をしていても蓮人を見かけると美穂は当たり前のように手伝ってくれる。

嫌な顔ひとつ見せることなく、むしろ仕事を頑張っている後輩を応援してやれることそのものにやり甲斐を感じているのだ。

ほかの社員が帰宅してしまえば、静かなオフィスでふたりきりだ。

「すみません、今日もわざわざ残業までつきあってもらっちゃって」

「いいのよ。私もしばらく現場から遠ざかっていたからリハビリみたいなものだし」

「美穂さんなら心配いらないと思いますけど。現に今だってブランク感じません」

「そう？　本当だったらうれしいわ」

「実際、世話になりっぱなしの俺がいうんだから間違いないですって」

仕事ができて、それでいてこの美人のエロボディだ。

これでモテないはずがない。

三年前はそれこそ両手の指の数では足りないほど数多くの交際申し込みを受けていた。

その中から美穂が選んだのは医者の跡取り息子のプロポーズだ。

これといってコネも地位もないヒラの新人社員でしかなかった蓮人が抱いた絶望感がどれほどのものだったのかうかがい知れるというものだ。

「ちょっとごめんなさい。すぐ戻ってくるから」

美穂はそう断りを入れて席を外した。

行き先は洗面所だ。

昼間もちょくちょく利用しているが、どうやら母乳の始末をしているようなのだ。

蓮人の口元にこっそりと下世話な笑みが浮かぶ。

トップクラスな巨乳だけあって、ミルクの出もトップクラスなのは間違いないらしい。

洗面所から戻ってくると彼女はいつも、ほのかな甘いミルクの残り香を漂わせていた。

もとからの体臭との相乗効果なのだろう。

こっそりひと嗅ぎしただけで蓮人の股間はフル勃起になってしまう。

おかげでここのところたぎる欲望を抑えることにひと苦労だ。

夜だって悶々としっぱなしで、いくらオナニーしても心が晴れることはない。

五分ほどして美穂が戻ってきた。

「お待たせ。さあ、それじゃ残りをがんばって片付けちゃいましょうか」

「そうですね。お願いします」

……クソ～、やっぱ甘い蕩けるような匂いが濃くなっている。

鼻腔をくすぐるミルクの香りが心地良い。

蓮人の脳裏では美穂が洗面所で巨乳をまろび出して自分で母乳を絞っているシーンがありありと想像できた。

彼女の旦那がうらやましいやらねたましいやら。

このエロボディを好きなだけしゃぶりつくしているのだろう。

しかも生ハメ中出しして孕ませたのかと考えると無意識のうちにぼやいてしまう。

「はぁ……俺の人生ってなんなんだろうな」

「ふふ、残業くらいで大げさね」

勘違いして微笑む美穂の仕草ひとつだけでもまぶしくてたまらない。

ふと蓮人は思う。

この先、どれだけ出世したら美穂を俺のモノにできるのだろうか。

いや、自分が出世する以上に彼女は出世するだろう。

永遠に差が縮まることはない。

こんなに俺は彼女のこと、ヤリたいし孕ませたいと思っているのに。

（……うん？　あれ？　どうせ手に入らないなら行儀よくしてる意味もないような？）

そもそも地位や権力をちらつかせたところで旦那を裏切るような女じゃないだろう。

合意だろうが脅迫だろうが強姦だろうが中出し種付けの気持ちよさに変わりはない。

「だったらやることやっといたほうが人生お得じゃん。そうか、そうだよな」

「どうしたの急に。なんの話かしら？」

「なんかもう下半身がガマンの限界というか。楽になっちゃおうかなと」

「くす、やだトイレに行きたかったなら私に遠慮しなくてもいいのに」

このまま美穂に触れられないまま無難に生涯を終えるよりも、ヤルことをヤッてしっかり妊娠させたほうが牡の本懐といえる。

例え犯罪者とさげすまされようとも美穂にはそれだけの価値がある。

「はい、遠慮はもうやめます。てなわけで美穂さん」

「ええ、なにかしら？」

「今日からこのオッパイは俺のモノに決～めた！」

「きゃあぁっ⁉　いきなりなにをするのっ、ダメよやめてちょうだいっ！」

美穂は欲望のままに襲いかかった蓮人の手を振り払えずにいた。

男と女では腕力の差は歴然だ。美穂の上着をブラジャーごと強引にたくし上げ、スイカサイズの乳房を露出させた。

　おかげで思う存分に揉みしだくことができる。

「うぉおおぉっ、こ、これが美穂さんの生乳っ、やっぱ思ったとおりのマシュマロ感が最高だぜっ！　圧倒的にデカイ！　デカすぎるっ！」

　手のひらごと沈み込んでしまいそうなほどボリューミーだ。

　その上、蠱《こ》惑的《わくてき》で水風船のような張りと弾力がある。

　一心不乱で揉みまくってしまう。

「オッパイ！　オッパイ！　オッパイ！　くんかくんか、すーはーすーはー！」

「ひいぃ、ダメよそんな乱暴なっ、あぁん

っ、離してっ、そんなにされたらっ」

「スゲェっ、乳輪もぷっくり盛り上がってるし、乳首もエロエロな大粒だぜっ」

「くぐうぅ、やぁん、見ないでっ、あぁ、だ、誰かっ、誰かいませんかっ！」

たまらず助けの声をあげる美穂だった。

だが、オフィスに残っている社員は蓮人と美穂のふたりだけだ。

他人の目がないからこそ、蓮人も欲望を抑えきれなかったのだ。

いちど手を出したからには、もう後には戻れないし、戻るつもりもない。

「ボンクラ社員の俺の残業に付きあってくれる優しいヤツなんて美穂さんしかいねーよ！　だから助けを期待しても無駄だってっ、大人しく俺と楽しみあおうぜっ」

「あぁん、私には夫が……っ、あなただって知ってるはずでしょっ」

「そりゃもちろん。でもだからどうしたってもんだぜ。このオッパイは俺のモノって決めたんだからなっ」

「くうぅ、私の身体は夫のモノでっ、あぁん、お願いよ、許してっ、離してぇっ！」

美穂の抵抗は蓮人の興奮をますます煽った。

がさつな両手でしっかりホールドされてもなお、質量感たっぷりの極上の双丘は艶めかしく弾みまくる。

牡の生殖本能を直撃する光景だ。

いくら女が懸命に訴えても理性が消し飛んだ男が自重できるわけがない。

揉んで揉んで揉みしだくっ。

それこそバカになるくらい手触りが気持ちいい。

そうこうしているうちに、乳房の感触に変化が現れ――

「あぁぁん、お乳がぁっ、やぁん、見ないでぇ……っ！」

「おお、母乳が出てきたぞっ、さっき自分で絞ってきたばっかじゃないのか？」

「くうぅ、ふはっ、そ、そんなこと聞かないでぇ……っ、ひぃ、ひぃぃ……っ」

「べつに恥ずかしがることはないだろ。出産したら母乳が出るようになるのは当たり前なんだし。むしろ優秀なおっぱいは誇りに思ってもいいくらいだっ」

「あぁん、で、でも人に見せるようなものでもないしっ」

「いいや俺はじっくり見たいぜ。ほかならぬ美穂さんのオッパイだしな」

それにせっかくの機会だ。

この際だからちゃんと味もみておこう。

先端から白い母乳がにじみ出ている乳首にパクリとしゃぶりつく。

「ちゅう、ちゅう、れろろ、ちゅるるぅっ、ちゅぷぷ、う～ん、とっても濃厚だぜっ」

「ふぁ、あぁぁっ、吸わないでぇ、あぁっ、ダメよ、くうぅ、強すぎるぅっ！」

「これが美穂さんの味かっ、美味いっ、いくらでも飲めるぞっ、くうぅ、チンポもますますビンビンだっ！」

「ひぃ、なんで大きくなるのっ、あぁん、ミルクは赤ちゃんのご飯なのにっ」

美穂にとって母乳に性的なイメージはない。

普通に赤ちゃんのためのご飯だ。

まさか成人男性が目の色を変えて興奮しだすなんて想像を超えていた。

しかし蓮人には母性の象徴でもありまごうことなきエロおっぱいでもある。

美穂の母乳は栄養満点の精力剤だ。

しかもいくら飲んでも飽きそうにない。

乳首が大きいからかなり吸い付きやすい。

とてもしっくりくる。

まさに自分に吸われるためにこしらえたとしか思えない、ベストな形とサイズだった。

「んん～、れろろっ、口の中で母乳があふれかえるぜっ、ちゅぷぷ、ちゅるるぅっ！」

「ひっ、ひぃっ、大人なのにおかしいでしょっ、どうしてこんなことするのっ」

「そりゃ大人だからだぜっ、極上の牝が目の前にいたら黙っていられるわけないだろっ」

「はぁ、くひぃっ、そんな野蛮なっ、はぁ、んんぅ、おっぱい吸わないでぇっ」

美穂がどれだけ嫌がろうが蓮人の覚悟はもう決まっている。

今夜はトコトンまでしゃぶりつくしてやるつもりだ。

だが一方的に吸われるほうにしてみればたまったものではない。

「んんんぅ、ほ、ホントにダメなのぉっ、もう許してぇっ！」

「うん？　なにエロイ声だしてるのかな？　もしかしておっぱい吸われて感じてる？」

「バカなこといわないでっ、はぁ、んんぅ、こんな乱暴なことされて感じるわけがっ」

先ほどからずっとねぶるように舌の上で乳首を転がしている。

すると明らかに乳首が硬くなってきた。

こいつは面白いことになってきたぞと、蓮人は試しに乳首を甘噛みする。

「あぁんっ、は、歯が当たってるぅ、ダメぇっ」

「とかなんとかいってるクセに、ますます勃起してきたじゃないか」

「ひぃ、んひぃ、ウソよっ、はぁ、んんぅ、そんなバカなことっ」

「しっかり反応してるっての。もしかして強引にされるのまんざらじゃないとか？」

ニヤニヤと下卑た笑みを浮かべる。

舌先で乳首をくすぐると美穂の呼吸が少しずつ悩ましげな色を帯びてきた。

「はぁ、はぁ、ど、どこの世界に乱暴されて喜ぶ女がっ！」

「だから試してみようぜ。こっちのチンポはとっくにウォームアップが済んでるしな」

見せつけるように肉棒を取り出す。

赤黒い亀頭の先端からは透明な粘液がしたたり落ちる。

まるで飢えた野獣がヨダレをあふれさせているようだった。

美穂はおびえたように身をすくめる。

獣性を剥き出しにした男根がなにを意味しているのか明白だからだ。

「ま、まさかっ、お願いっ、それだけは許してっ、ほかのことならなんでもするから！」

「嫌なら逃げてもいいんだぜ。こっちは抵抗してくれたほうが余計に興奮するし」

「ダメよっ、お願いだからそれだけはっ、私には家に帰れば夫も子供もいるのよっ」

「俺のモノになっちゃえば、そんなの関係なくなるってのっ！」

根源的な牡の狩猟本能が刺激されるのか、もう彼女のことは一匹の牝にしか見えない。

青筋の浮き出た肉棒のサイズに美穂は目を疑った。

それほど男性経験が豊富とはいえない彼女でも、本能的な危機感を煽られる。

あきらかに夫のモノとは比べものにならない凶悪さだ。

蓮人は昂る獣欲のまま秘窟に狙いを定めた。

膣口にあてがうと、そこから一気に腰を押しつけていく。

「イヤぁっ、は、入ってくるうぅっ、ダメぇっ、熱いっ、大きすぎるのぉおっ！」

「うおぉおぉっ、めっちゃ締まるっ、まるで粘膜が生きてるみたいだっ、グイグイ吸い付いてくるぞっ、なんだこりゃたまらねぇっ！」

「くうぅ、乱暴すぎるわっ、ひいぃ、抜いてぇっ、挿れちゃダメなのぉっ、あぁっ！」

「これが経産婦のマンコかよっ、普通はユルユルになってるもんだろ、食いちぎられそうだぜっ、ヤバいっ、き、気持ちよすぎるぅっ！」

しっかり乳房を握りしめながら、これでもかと剛直をねじ込んでいく。

美穂が強引な挿入感に身をよじって嫌がるたびに母乳が飛び散る。

これがまたエロくていい。

獲物を組み伏せ、思うままにむさぼっていいのだ。

これで獣欲をたぎらせた牡がテンションが上がらないわけがない。

「ははは、いいぞっ、最高の締め付けだぜ美穂さんっ、そんなに俺のチンポが気に入ったのかな？　ほらほらジックリと味わってくれっ」

「ひぃ、抜いてぇっ、それ以上は入らないのぉっ、くぐぅ、こ、壊れちゃうぅっ！」

「出産に比べたらチンポなんて可愛いもんだろ。遠慮するなよっ、付け根までずっぽり呑み込みなっ、俺と美穂さんの相性確認といこうぜっ」

「あぁっ、深いぃっ、ウソよこんなのってっ、くぐぅ、そんなまだ入ってくるぅっ！」

コツンと切っ先が子宮口に当たった。

そこは周囲の膣壁と同じかそれ以上に熱く火照っている。

美穂の中は硬い処女肉では味わえない、円熟した弾力と締め付けだった。

なるほど経産婦ならではとしか表現できず肉棒が蕩けてしまいそうなほど心地いい。

「へへ、こりゃさぞや旦那さんも夢中になったこったろうな。毎日ずっこんばっこんハメまくりなんだろ」

「くうぅ、そんな私たちを色情狂みたいなっ、あの人とはそんなことしてないわっ！」

「なんだそりゃ、こんな絶品の味わいなのにもったいねー。俺ならザー汁の臭いが染みついて取れなくなるくらいヤリまくるぞ、こんなふうにな！」

魅惑的すぎるな膣腔の感触にとてもじっとしていられない。

睾丸から燃え上がるような獣の衝動に突き動かされて腰を振りだす。

「あああぁっ、激しすぎるわっ、ダメぇっ、アソコが壊れちゃうっ、やめてぇぇぇっ！」

「こっちの締め付け具合はやめてなんていってないぞっ、逆にもっともっとっておねだりしてるくらいだっ」

「あひっ、あっ、あぁっ、ホントに壊れちゃうっ、そこはデリケートなのっ、あぁっ、ダメダメぇぇぇっ！」

「コリコリした子宮がチンポに当たりまくりで最高だっ、こりゃ特濃なのが出そうっ」

挿れて数分と経っていないのにこそばゆいような射精欲が込み上げてきた。

それだけ美穂の蜜壺が絶品なのだ。

「あっ、あっ、ウソでしょっ、出しちゃダメよっ、避妊もしてないのにっ、あぁっ！」

「美穂さんみたいなエロ牝を孕ますなんて男の夢だぞっ、むしろこんな絶好の機会に種付

けチャレンジしなきゃ牡失格だぜっ」

「あぁん、バカなこといわないでぇっ、お願い抜いてっ、犯さないでっ、あああぁっ！」

当然だが本気で蓮人を拒絶していた。

しかし、蓮人の理性のタガはとっくに外れている。

相手に抵抗されると余計に興奮してしまう。

おかげで抽挿は激しくなる一方だった。

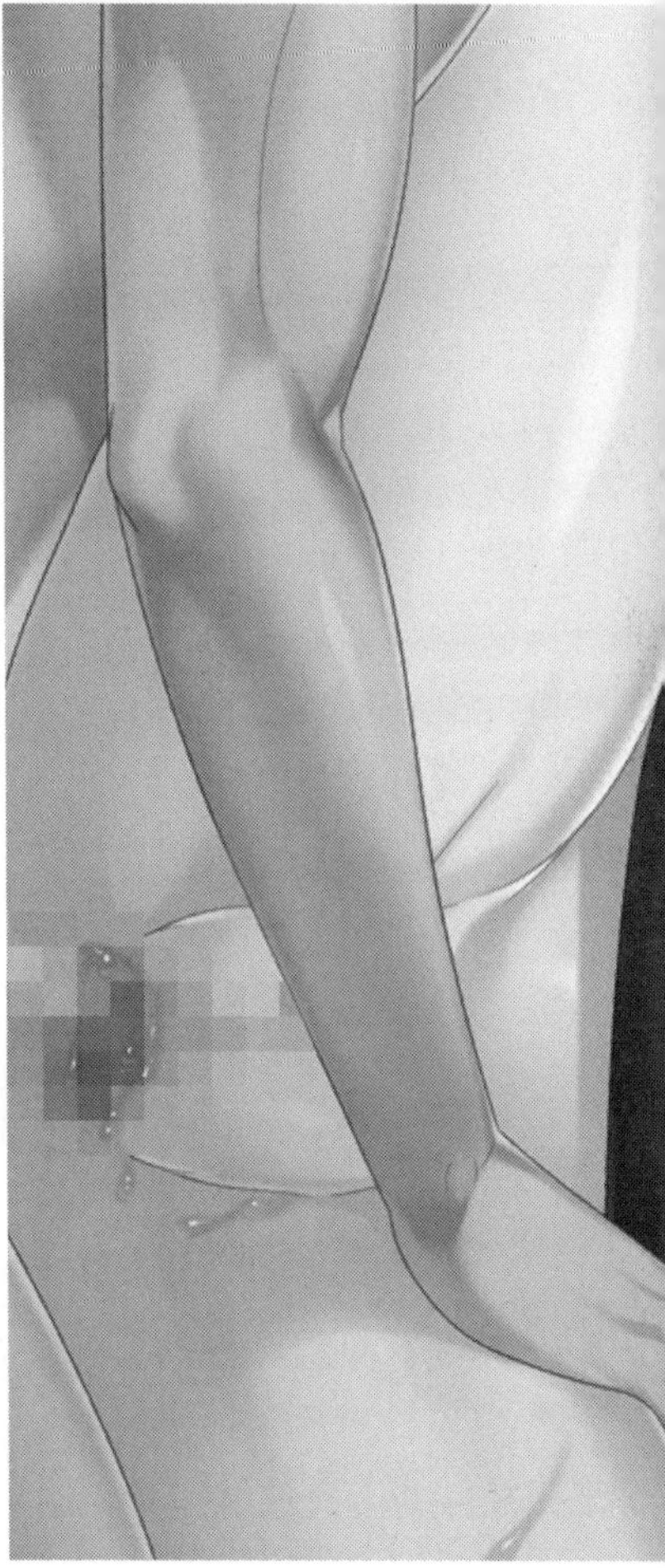

長年オナネタに使ってきた本人に生ハメしているのだ。

いくら理性に訴えても無駄に決まっている。

千載一遇のチャンスだからこそ生殖本能がヒートアップする。

「ああ〜っ、気持ちよすぎるっ、美穂さんマンコはやっぱ思っていたとおり最高だっ」

「し、刺激が強すぎるのっ、おかしくなっちゃうっ、どうしたら許してくれるのっ!」

「許すもなにも、チンポがこうなったら出すもの出さなきゃ鎮まらないくらい旦那もちなら知ってるだろ」

「あの人はあなたみたいに乱暴じゃないわっ、いつも私の身体を気遣ってくれるものっ」

美穂の夫は蓮人のように突然牙を剥いて襲いかかったりはしない。

まして愛撫もなしに一方的に肉棒を突き入れてくるなんて女性をモノ扱いしているとしか思えなかった。

「ふ〜ん? じゃあスゲェうれしそうに締め付けてくるのはどうしてなんだ?」

「あぁっ、あぐぅ、変なこといわないでっ、うれしいなんて、こんなのつらいだけよっ」

「んなわけないだろがっ、マン汁駄々洩れになるくらい悦んでる自覚がないのかよっ」

次から次へとあふれ出してくる大量の愛液のおかげで抽挿がスムーズだ。

乳首もクリトリスもツンっと勃起していて女体の興奮っぷりを物語っている。

美穂に現実を見せつけてやるべく、ますます激しく腰を打ち付けていく。

「くぅっ、大きすぎてはち切れそうなのに、もっと激しくするなんてあんまりよっ」

「美穂さんが素直にならないからだろうがっ、ホラホラ、チンポいいっ、もっと突いてって本音をいいなっ」

「ひぃ、ひぃっ、だから久々なのにいきなりこれじゃアソコが持たないってっ」

「久々？ え、こんなエロボディなのに旦那とはご無沙汰なの？」

「あひっ、くうぅ、し、知らないわっ、あなたには関係ないでしょっ！」

美穂が気まずそうに視線をそらした。

頬も羞恥《しゅうち》に染まっている。

だが、そうした付け入る隙は見逃さない。

蓮人は夫婦の夜の生活事情を一瞬で悟った。

「なるほど、旦那に放置されてるからチンポへの食いつきがいいんだ」

「ほ、放置なんて、ただここしばらく仕事が忙しくてタイミングがあわないだけでっ」

「つまり牝の性欲を持て余してたってわけか。こんなに奥さんはチンポ欲しがってたのに酷い旦那だな」

「おかしなこといわないでっ、どうしてそんなひねくれた受け取りかたするのっ！」

美穂の反発が強い。

普段が穏やかな性格だけに、よほど痛いところを突かれたのだろう。

思わずいい返してしまった感がハッキリと現れていた。

「美穂さんにはずっと世話になってた恩があるしな～。俺は旦那さんとは違うぜっ、俺がひと肌脱いてたっぷり子種をご馳走してやるよっ」

「ひぃぃっ⁉　ふざけないでっ、あぁんっ、ダメよ、妊娠したらどうするつもりっ」

「ははは、だから俺が孕ませてやるっていってんだっ、身体が受精したがってるのはわかってるってっ、遠慮すんなよ、俺と美穂さんの仲だろ？」

「くぐぅ、どんな仲よっ、私たちはただの上司と部下でっ、あっ、あっ、激しいぃっ！」

蓮人の息づかいが荒くなってきた。

美穂とて人妻だ。

男の生理はそれなりに熟知している。

蓮人の反応が射精を試みようとしている牡の姿だとすぐにわかった。

「こうしてハメあったらもう牡と牝でしかないっての。そして、すぐに主人と所有物の関係にしてやるぜっ」

「バカなことはやめてっ、あひっ、今ならまだ取り返しがつくわっ、だ、だからっ！」

「きっちり孕ませてこの身体が俺のモノだって証明してやるっ、さあ美穂さんっ、孕めっ、俺の子種で妊娠しろっ！」

「ダメぇっ、許してっ、あっ、あっ、出さないでっ、私には夫がっ、産まれてまもない赤ちゃんだってっ」

膣腔で乱暴な抽挿を繰り返している肉棒の脈動が始まった。

痺れるように熱くなっている睾丸もせり上がる。

いよいよ秒読み段階に入った。

「くうぅっ、キタぞっ、チンポが暴発寸前だっ、はぁ、あぁっ、出すぞっ、美穂さんの子宮に活きのいい子種を詰め込んでやるっ！」

「ひぃっ、抜いてぇっ、許してっ、ダメよっ、あぁん、誰か助けてっ、あぁぁあぁっ！」

絶叫に近い悲鳴がオフィスに響く。

同時に激しい白光が美穂の脳裏を埋め尽くした。

「きひぃいぃいぃっ、くあぁっ、熱いぃっ、ウソウソっ、あぁぁっ、イッくぅううぅっ！」

子宮口に熱い粘塊がなんども勢いよくぶちまけられる感触があった。

そのたびに美穂の全身が激しく痙攣《けいれん》する。

「ふはぁっ、なんて勢いっ、ありえないっ、また飛んじゃうっ、ダメダメぇっ！」

「くおぉっ、そんなに子種が美味いかっ、ははっ、スゲェ、食いちぎられそうぉ〜！」

「あぁっ、ひぃん、いっぱい出てるぅっ、あっ、あぁっ、まだ止まらないぃっ！」

荒波のようになる凶悪な快感に嬲《なぶ》られてしまう。

意識の片隅では妊娠への危機感が警告を発していた。

本能的にこのままでは拙いと人妻の倫理観が悲鳴をあげる。

「くぐぅ、抜いてぇっ、外にっ、あぁっ、中出し許してっ、赤ちゃんできちゃうぅっ！」

「美穂さんにはしっかり孕んでもらうぜっ、めっちゃ気分がいいっ、おおぉおぉっ、ほらほらザー汁お替り入りまぁす！」

「ダメぇっ、あっ、あっ、またイクぅ、イキたくないのにっ、どうしてっ、あぁっ！」

「ちなみに俺のチンポはまだまだ序の口だぜっ、このまま孕ませチャレンジ続行だっ」

得意げに語る蓮人の肉棒は射精直後だというのに少しも衰える気配がない。

夫のモノしか知らない美穂にとって経験上あり得ない現象だ。

「ひぃっ、どうしてっ、いっぱい出したのに硬いままなのっ、まだイッてるのにっ！」

「休んでる暇はないから覚悟しろっ、なんせ今日の俺は長年の念願がかなったおかげで絶好調だからなっ！」

「あぁんっ、ダメぇっ、おかしくなっちゃうっ、イカせないでっ、頭が変になるぅっ！」

相手の抵抗をものともせずに犯して犯しまくる。

猛々しい肉棒にはどうやってもかなわないのだと牝の本能に刻み込んでやるためだ。

突いて出してイカせて突いて出してイカせてと、延々と種付け行為を続けていく。

そして気づけば一時間ほどたっていた。

「許してっ、わかったわっ、あなたのモノになるって誓うからもうイカせないでぇっ！」

「ははは、俺のモノになるってことは、もう上司と部下じゃないってことだろ。美穂さんには教えたよな？」

「ごめんなさいぃっ、あなた……いえ、ご主人様っ、美穂はご主人様のモノですっ」

なんども強制的な絶頂を味わわされて、すっかり屈服してしまっていた。

圧倒的な快感の前では夫婦の貞操観念はなんの役にも立たない。

蓮人は牡の暴力でそれを証明してのけた。

「あぁんっ、美穂はご主人様の絶倫チンポにはかなわないと認めますっ、美穂は孕みたがりマンコ妻ですっ、で、ですからこれからもいっぱい中出ししてくださいっ、んあはぁ、ご主人様の……に、肉便器になりますっ」

「よ〜し、やっとここまで素直になれるようになったか。やっぱチンポの躾《しつけ》は偉大だぜ」

「ちゃんと誓いましたっ、いわれたとおりにしましたっ、だからもう許してくださいっ」

「これまで散々、長年にわたって美穂さんのエロボディにはムラムラさせられたからな。責任とるのは当たり前だよな？」

この場を逃れるために口先だけの誓いをしても無駄だと獰猛な笑みを浮かべる。

一度手に入れた至宝は二度と手放すつもりはない。

「ふぅ、ふぅ、あひっ、は、はいぃっ、お詫びにこれからはいつでもどこでもザー汁処理にお使いくださいっ、あぁんっ、もし美穂が嫌がったら遠慮なく犯してくださいっ、どんな罰でも喜んで受けますぅっ！」

蓮人は挿入したままの肉棒を軽く揺すって、脅すように子宮口を小突き回す。

美穂の胎内は絶頂の余韻で敏感になっていた。

おかげで、ちょっとした刺激でも十分に大きな快感が女体に走ってしまう。

美穂は下腹部を艶めかしく痙攣させていた。

「この子宮も俺のモノだから、確実にしっかり孕んでもらうからな」

「あぁ、そんなっ、あ、赤ちゃんだけはどうかっ、取り返しのつかないことだけはっ」

「美穂さんは無理やりされるのも好きみたいだし、これってお互いにＷｉｎＷｉｎだな」

「あっ、あぁっ、す、好きなんてっ、あぐぅ、こんなにつらくてたまらないのにっ」

愛する夫のある身を穢されなければいけない。

そんな恥辱に表情は曇るばかりだ。

しかし、蓮人は美穂の淫蕩な本性をしっかりと見いだしていた。

「じゃあ論より証拠だ。また、景気いいのを中でぶちまけてやるっ！」

「あぁぁんっ、そんなっ、許してくださいっ、本当に死んじゃいますっ、あぁっ、ダメっ、壊れるっ！　あっ、あぁっ、またくるぅっ、あひっ、ビクビクってっ、あぁんっ、イカせないでっ、あひっ、あぁぁっ！」

懸命な哀願を完璧に無視した。

もはや膣内射精は今日だけで何度目になるかわからなくなっている。

そんな凌辱行為で美穂を強制絶頂させるのだ。

肉棒が脈動し、牝穴の最奥で濃厚な精液を感じ取った。

その瞬間、美穂はまたしても牝として恥辱的な屈服を果たしてしまう。

「イクイクイクうぅぅっ、んほぉおぉおっ、くはぁっ、ドピュドピュってて っ、あひっ、中だしアクメぇっ！　くひぃっ、ザー汁溢れかえってるぅっ、赤ちゃんできちゃうのにっ、あぁっ、でもまたイッちゃうぅっ！」

「出産経験ありの優良マンコには活きのいい子種がこれでもかってほど効くだろっ、さあどんどん孕めっ、いっぱい孕むんだっ！」

「あぁぁっ、ドロドロが奥まで入ってくるのぉっ、あひぃっ、熱いっ、子宮でイッちゃううぅっ！　ひぃ、ひぃ、イキまくりでおかしくなるっ、頭壊れちゃううぅっ、ダメぇっ、でもまたイクっ、あぁぁっ！」

美穂が大きく絶頂の痙攣を繰り返すたびに、乳首から母乳が噴き出す。

まるで射精しているかのような淫らで悩ましい生理反応だった。

「んはぁっ、もう精子いっぱいですぅっ、美穂マンコに入りませんっ、あはぁ、熱いぃっ、まだ元気にドピュドピュってて ぇっ！」

「へへ、ちなみにチンポから出るのはザー汁だけじゃないぜっ、こんなふうになっ！」

次の瞬間、膣奥で精子の熱とはまた違った熱い液体を感じ取った。

今までにない経験だけに美穂は動揺する。

だが、男根から出る液体といえば精液でなければ答えはひとつだ。

「あぁぁっ⁉　ウソウソっ、オシッコっ⁉　あぁん、し、子宮に当たってるぅっ！」

「こっちの勢いも大したもんだろっ、こんだけ具合のいい牝穴だとトイレに使っても絶品だぜっ！」

「あぁん、こんなのありえませんっ、ホントにオシッコされちゃってるぅぅっ」

やがて膣内放尿が終わると、たまらない汚辱感が込み上げてくる。

しかし、同時にどうしようもなく甘い快楽もジワジワと浸食していた。

「あはぁ、イヤぁ、し、子宮が痺れるぅ、どうしてぇ、ふあっ、あはぁんっ！」

「美穂さんを孕ませた旦那だって、ここまではしてないだろ。つまり、俺のほうが格上ってことだなっ！」

「くうぅ、あなた許してぇ……身体に力が入らなくて抵抗できないのぉ、あぁぁ……っ」

連続絶頂で消耗しきった女体はすっかりヘロヘロになっていた。

蓮人に意地悪く膣内放尿されてもなすがままだったのだ。

まだまだ犯したりないと蓮人が抽挿を再開しても、もう美穂は快感混じりの悲鳴をあげることしかできなくなっていた。

第二章 陰湿なセクハラ

念願かなって憧れの美穂にこれでもかと中出しすることができた。
おかげで蓮人はまさに生まれ変わったような気分だった。
もうこれからは無理して自分を抑える必要はない。
自分の人生の主人公は自分自身だ。
それはつまり美穂の運命の主人も自分なのだと確信するにまで至った。
そんなわけで蓮人の狼藉は仕事中だろうがお構いなしになる。
なんだかムラムラしてきたからというだけでさっそく美穂のお世話になることにした。
「美穂さ〜ん、ちょっといいですか。ご意見をお聞かせください」
「え、な、なにかしら」
どうにも表情が硬いがそれも当然だろう。
あれだけがっつり犯された上に恥ずかしい姿を蓮人の前で晒してしまったのだから。
もはやなんのいいわけもできないレベルだ。
蓮人はスマホを取り出す。

なにげない仕草で、周囲からは見えない角度で美穂だけに画面を見せる。

そこには股ぐらからダラダラと中出しされた精液を垂れ流して放心状態なっている彼女の凌辱姿が写っていた。

「なっ、そんないつのまに……っ」

もちろん顔も股間も画像は修正されてない。

社内の人間ならひと目でそこに写っている人物が美穂だとわかってしまう。

「へへ、これなんですけど、俺としては幅広い意見を集めるため、とりあえずネットに上げてみてはどうかと」

「ま、待って……っ、なにを考えているの、そんなことされたら……っ」

「もしくは隣の部署の課長とか人事の連中あたりも面白そうですよね」

「だ、ダメよ、あなただって困ったことにっ」

「いいえ、べつに。むしろ俺としてはどんどん周りに自慢したいくらいでして。あの社内の人気者に種付けしてやったんだぞって。美穂さんは人気者ですからね」

余裕綽々《よゆうしゃくしゃく》の表情でほくそ笑む。

蓮人にしてみれば美穂さえ自由にできるならそれで満足だ。

美穂のためなら社内の地位も世間の風評も仮に失ってしまったとしても惜しくはない。

「あぁ、許して。私には大切な家庭があるのよ。どうか大ごとになるようなことは……」

「どうしました、なんかお疲れみたいですけど。顔色が悪いみたいだし、ちょっと休憩します？　ちょうど俺も喉が渇きましたし」

とかなんとかいい含めて、少しばかり強引に給湯室まで連れ出した。

今の時間帯は人気がないためふたり切りになるには都合がいい。

美穂がいいなりなのをいいことに蓮人は問答無用で彼女の胸元をグイッとはだける。

豊満な生乳が大きくたゆんとこぼれ出た。

赤ん坊への授乳の影響か、乳首の色が濃くなっているのが扇情的だ。

蓮人は下卑た笑みを浮かべると、躊躇《ちゅうちょ》なく乳首に吸い付いた。

「あむぅ、ちゅるる〜、さあ美穂さん印のママミルクをご馳走してもらおうか！」

「あぁん、待って、こ、こんな所じゃいつ人がきてもおかしくないのにっ」

「ケチケチすんなよ。どうせ洗面所で捨てるなら俺がぜんぶ美味しくいただいてやるぜ」

「うぅ、そういう話じゃ、誰かに見つかったらどうするつもりなのっ」

今は無人でも来客があればお茶を用意するために誰かが来てしまう。

その可能性は決して低くはなく、美穂にしてみれば気が気でない。

だというのに、蓮人は悠々自適のまま美穂をからかって遊んでいる。

「逆に自慢したいくらいだってさっきもいっただろ。そっちだってホントは密かに自慢に思っている特大おっぱいを見られたいんだろ？」

「じょ、冗談じゃないわ、誰が自慢なんてっ、んんぅ、そもそもあんな写真を撮られて脅迫されてなかったらこんな恥ずかしいことっ」

「誤魔化しても無駄だぜ。じっくり愛しあった俺と美穂さんの仲だろ。夕べのチンポの反応で美人上司がとんでもない変態マゾだってことはとっくにバレてんだ」

「うぅ、酷い……変態マゾなんて、んぁ、こ、この前のことはなにかの間違いでっ」

「とかなんとかいっちゃって、乳首がムクムク勃起してきたぞ」

硬くなった乳首を舌の上で転がすようにしゃぶって嬲《なぶ》る。

イヤイヤと首を振るが、美穂の頬に官能の朱がさしてくるのを見逃さない。

たっぷりサイズの巨乳も大きく揉みしだいていく。

マシュマロを思い浮かべずにはいられない柔らかな乳房だ。

蓮人の手の中で、たちまち水風船のような張りが出てくる。

「はぁ、んんぁ、だ、ダメよ、そんなに刺激されたらっ」

「このデカチチに母乳が溜まってくるのがわかるぜ。ほらほら早く飲ませてくれよ」

「ふぅ、ふぅ、もっと優しくぅ、い、痛いわ、はぁ、んんぅっ」

「お、きたきた、んじゃいただきまぁす！」

ジュルジュルと下品な音をたてながら乳首を吸うと、口内に甘い母乳が広がる。

人肌の温度の天然ミルクはあまりの美味さに脳が痺れてしまいそうだ。

股間の勃起はますます酷くなり、鼻息も荒くなる。

乳首の吸い方も乱暴になる一方だ。

「ふあっ、あぁぁん、強すぎるわ、はぁ、んんぅ、乳首が取れちゃうぅっ」

「んく、んく、こくまろで美味いぜっ、れろろ、やっぱ滋養強壮に効きまくりだわ」

「あぁっ、噛まないでぇ、ひぃ、くうぅ、お願い、もっと優しくぅっ」

「勃起乳首の歯ざわりがエロすぎる。なあ、おっぱい吸われて興奮してるエロママさん」

乳首を甘噛みしながら下劣な笑みを向けていた。

美穂はやるせなさそうにかぶりを振り懸命に恥辱をこらえて訴える。

「ふぅ、んんぅ、こ、興奮なんて、あぁ、人が来る前に早く済ませてちょうだいっ」

「そいつは美穂さんしだいかな」

「はぁ、はぁ、で、でも十分に喉を潤したでしょ、んっく、戻るのが遅くなるとほかの人たちに怪しまれるわ」

「だったらやっぱり美穂さんのがんばりにかかってるぜ。なんせ本番はここからだしな」

指を絡めるように乳房を揉んでいく。

蓮人はたぎる牡の欲望を隠そうとしない。

目の前の男から不穏な気配を察して美穂は不安そうに首をすくめる。

「ううぅ、ど、どういう意味……？」

「もちろん、このエロ巨乳ボディのせいで勃起したチンポを美穂さんに責任もってザー汁絞りしてもらうってことさ」

「ひぃいっ、ウソでしょっ、就業中の社内でそんな、絶対見つかっちゃうっ！」

「誰か来る前にさっと処理してくれりゃいいんだよ。なに、美穂さんなら簡単だって」

「で、でも……そんなことといわれてもっ」

どうかたちの悪い冗談であってほしいと願わずにいられない。

しかし、蓮人の愉悦に細められた目は明らかに本気だった。

社会人でありながら勤務中に性行為を求める蓮人の発想がとても信じられない。

「この巨乳の谷間に挟んで扱いてくれたらチンポなんてあっというまに昇天だぜ。美穂さんの旦那さんだってそうだろ」

「え、お、おっぱいでするの？　私は夫とそういうことは……要求もされないし……」

「マジかよ。まさか、こんな国宝級おっぱいなのにパイズリしたことないって？　やだ、旦那さん変態？　まさかペタンコ好きのロリマニア？」

「おかしなことといわないでっ、おっぱいで変なことさせようとするほうが、どう考えてもおかしいでしょっ」

「パイズリにかんしては絶対あんたら夫婦のほうがおかしいってば」

だが、ホントに経験がないというなら、それはそれで面白い。

例えるなら誰の指図も受けず、思うままに筆を振るって白いキャンバスを自分の好きな色で染めていくようになものだ。

初々しい牝を一から淫蕩に躾《しつ》けていくというのも男のロマンだろう。

「よし、だったら俺のいうとおりにやってみろ。まずはこのおっぱいでチンポを挟み込むんだ。早くしろ！」

「うぅ、その……は、はい、わかりました」

蓮人が強く出ると昨夜の記憶がよみがえったのだろう。

美穂はオズオズと従ってきた。

爪を丁寧に整えた細い指が、ためらいがちにズボンのファスナーを下げる。

そのまま窮屈に押さえつけられていた肉棒を解放すると、早くも硬く反り返っていた。

あとはそのまま、おっかなびっくりの仕草で左右の乳房で挟み込む。

「あぁ、こ、こうですか。ううぅ、熱くて硬い、なんて大きさなのっ」

「美穂さんの魅力がチンポをギンギンにするんだぜ。だからちゃんと勃たせた責任取ってしっかり射精してくれないと仕事に戻れないからな」

「さっきから責任、責任って。あなたが一方的にイヤらしい目で見てくるだけなのに」

「美穂さんみたいな根っからの淫乱な牝は、その場にいるだけで牡をその気にさせるんだからいい訳すんなよ」

左右から挟み込んでくる乳房の感触は、火照りきって今にも蕩けそうなマシュマロだ。

そそり勃った肉棒との相性は抜群だ。

こうしてサンドイッチにされてるだけで表情筋が緩んでしまう。

蓮人はやに下がった顔で、心地よさそうに息を吐く。

「んん～、チンポが蕩けそうだぜ。やっぱ美穂さんは男を愉しませるために生まれてきたオナホの女神様だわ」

「さっきから変なことばかりいって……あぁ、それでこのあとはどうすれば？」

「もちろん俺をもっと興奮させて、チンポを扱いてスッキリさせるんだよ」

「うぅ、興奮って……こんなにもう硬くなっているのに？」

パイズリそのものが初めての経験だ。

そう簡単には思うように身体は動かない。

しかも、肉棒の反応が愛する夫のそれとは別物すぎてまるで参考にならなかった。

「いいこと教えてやるぜ。キンタマに詰まっている子種を一気に射精するとスゲェ爽快なんだよ。そのためのおぜん立てだと思え」

「ぐ、具体的には？　あぁ、どうかこれ以上、変なことだけは……」

「させるに決まってるだろ。なんせ美穂さんはどうしようもない淫乱なマゾ牝なんだぜ」

サッと手をあげると目の前の巨乳に手首のスナップをきかせてビンタを打ち込む。

バシンッと鋭い音が響くと同時に美穂の悲鳴もあがる。

「あぁんっ、痛いっ、いきなりなにするのっ！」

「美穂さんこういうの好きだろ？ 俺も大好きだ。叩き心地も最高だしな」

「あひっ、やめてぇ、やめてくださいっ、ご主人様ぁ、こ、声が響いちゃいますっ」

「どうだ、スリルがあって興奮するだろ。おっぱい丸出しにしてチンポ扱いてる美穂さんの姿が見つかったら大変だぜ」

蓮人の平手は左右の乳房をテンポよく叩いていく。

あっというまに真っ白な乳房に赤い手形が浮かび上がってきた。

「くうぅ、考えたくもないですぅ、だ、だからそんなに叩かれたらおっぱいがぁっ」

「痛いのにジンジンしてきて気持ちよくなってくるんだろ？ そういう顔してるわ」

「あぁっ、んくぅ、おっぱい虐めちゃイヤですぅ、どうかもうこれ以上はっ」

「だったら早く俺をスッキリさせろ。さあ、思い切り大胆にチンポを扱いてみろよ」

蓮人の命令に逆らうと、余計につらい思いをするハメになる。

昨夜の凌辱で文字どおり身体で思い知らされた美穂だ。

どれだけ屈辱的な思いをしても従順にうなずくことしかできない。

「うぅ、は、はい、ただいますぐにっ！ んっ、んぅっ、くぅ、んぁ、ど、どうですか、くうぅ、気持ちいいですか？」

「おお～、いいねぇ～、くぅ、もっちりとチンポに絡みついてくるぜっ、その調子だっ」

「ふぅ、んぁっ、わかりました、はぁ、はぁ、こうですね、くぅぅ、ふはぁっ！」

肉棒をしっかりと挟み込んだまま、派手に乳房が上下に弾んでいた。

初めてというだけあってぎこちなくはある。

とはいえ、そこは元の素材が極上の乳房だ。

性奉仕の摩擦から快楽を生み出すことにはなんの問題もない。

「う～ん、このオッパイのパイズリに興味を示さないなんて、やっぱ旦那さん物の価値ってものを知らないな」

「ふぅ、ふぅ、違います、ご主人様みたいなイヤらしい変態じゃないだけですっ」

「へへ、よっぽど真面目な男なんだな。つまり淫乱マゾの美穂さんとは俺のほうがあってるってことか」

「はぁ、んく、そんなことありません、とんでもないことといわないでくださいっ」

美穂は夫を心から愛している。

例え冗談だとしても戯れ言は聞き入れる気にはなれない。

もっとも、蓮人は心の底から自分の優位性を疑っていなかった。

本気で美穂との相性がバツグンだと思っているわけだ。

「あれだけ俺のチンポで天国を味わって、まだそんな強情なこといってるのか」

「うぅ、気持ちと身体は別です、んく、身体を汚されても心は愛する夫のものですから」

「いいねぇ、潔癖で貞淑なところがとっても可愛いよ」

そして、そんな牝こそ躾けがいがあるというのが蓮人の持論だった。

そもそも淫乱な牝が淡白な旦那の肉棒でいつまでも満足していられるわけがない。

美穂のような牝には自分のような圧倒的な肉棒の主人こそがふさわしい、と。

「よし、んじゃまずはレッスンワンだ。感謝の気持ちを言葉にしてもらおうか」

「はぁ、はぁ、んく、感謝とは……？」

「美穂の淫乱オッパイをザー汁絞り用オナホにご利用いただきありがとうございますっていってみろ」

ペチンと乳ビンタをくれてやりながら命令する。

軽くスナップを利かした平手打ちに重さはないが、鋭い痛みとともに、いかにもからかわれているよう不快感を覚えずにはいられない。

「あぁんっ、た、叩かないでください、ちゃんというとおりにしますからっ」

「ちゃんと気持ちを込めて、俺がますます勃起するくらいにだぞ」

「うぅ、み、美穂の淫乱オッパイを、ザー汁絞り用オナホにご利用いただきありがとうございます」

清楚な顔立ちが羞恥《しゅうち》に染まっている。

蓮人は嗜虐欲《しぎゃくよく》を刺激されて仕方がない。

さらに下卑た言葉を美穂にいわせてやりたくなった。

「美穂はチンポに目がないイヤらしい人妻です。心を込めてチンポ扱きいたします」

「み、美穂はチンポに目がないイヤらしい人妻です……心を込めてチンポ扱きいたします
う、あぁっ、恥ずかしすぎておかしくなりそうですっ」

「いいねぇ、恥じらう目元がまたチンポにビンビン効いてくるぞ」

「あぁ、ウソ、くぅ、んんぅ、ほ、本当にもっと大きくなってきたっ」

「どうだ、牡を興奮させるってことが少しはわかってきただろ。これが牝の役目だぜ」

もとから仕事のできる有能な女だ。

運動神経もいいようで、エロテク方面でも覚えがとてもいい。

美穂は複雑そうな表情ではある。

だけど、ここであえて逆らう気もなさそうだった。

蓮人はここぞとばかり、卑猥な礼儀を仕込んでいく。

「オッパイのリズムにあわせて、チンポシコシコ、チンポシコシコって掛け声をかけろ」

「うぅ、ち、チンポ、シコシコっ、んんぅ、チンポ、シコシコっ、チンポシコシコぉっ」

「めっちゃ恥ずかしそうだな。マゾならドキドキしてチンポが欲しくなってくるだろ」

「あぁ、気が気じゃないだけですぅ、女を辱めるのがそんなに楽しいんですかっ」

美穂が知っている蓮人は陽気ではあったが、決して粗暴な性格ではなかった。だからこそ、新入社員のころから目をかけてやってきたのだ。

それなのにまさか彼の心の奥底に女を嬲って悦ぶような闇が潜んでいようとは。

加虐的な異常性癖が隠されていたなんて、まるで悪い夢でも見ているような気分だ。

「いや、普通はかわいそうだけどさ、美穂さんみたいにエロくて優秀な女ならオモチャにするのは最高だ。だからほら、もっと掛け声っ、しっかりチンポ扱けっ」

「は、はい。チンポ、シコシコぉっ、うぅ、チンポ、シコシコぉっ、あぁん、イヤぁっ」

あまりにも惨めで泣きたくなってくる。

こんな姿は決して誰にも見られたくはない。

「美穂は何度も中だしアクメさせてくれたこの勃起チンポが大好きですっていってみ？」

「み、美穂は何度も中だしアクメさせてくれた、うぅ、この勃起チンポが大好きですっ」

「欲求不満妻美穂の孕みたがりマンコにはキンタマ直送の活きのいい子種が最高のご馳走でしたってのもいいな」

「うぅ、よ、欲求不満妻美穂の孕みたがりマンコには、き、キンタマ直送の活きのいい子種が最高のご馳走でしたぁっ」

相手に促されるまま下品な言葉を口にしつつ、熱心にパイズリに励んでいる。

豊満な乳房で熱心に奉仕する姿は、まさに絶対服従の肉便器だ。

蓮人は牡の支配欲をど真ん中から射貫かれた。

なにがなんでも目の前の牝に種付けして自分のモノにしてしまいたくなる。

おかげで興奮しきった蓮人は急激に射精欲が込み上げてきた。

「あぁん、おっぱいの中で暴れてるぅ、んぅ、も、もしかしてイキそうなんですか？」

「ああ、美穂さんのイヤらしすぎる母乳まみれおっぱいのおかげさんでな。へへ、ここから一気に追い上げてみろ。ザー汁乞いしながら全力パイズリだっ」

「んっ、くぅ、んぅっ、こうですねっ、チンポシコシコっ、くぅ、チンポシコシコぉっ、どうかこのまま出してくださいっ」

誰か人が来てしまう前に早くけりをつけてしまいたい。

本来ならとても受け入れることができない数々の辱めだ。

ここまで従順に従ってしまうのも第三者への露見をなによりも恐れるからこそだ。

「うぅ、美穂のおっぱいはザー汁絞り用オナホですぅ、ですからどうぞ遠慮なくキンタマいっぱいの子種を射精してくださいっ」

「おおぉっ、チンポがおっぱいで揉みくちゃだぜっ、くぅっ、イキそうだっ、覚悟はいいか美穂さんっ」

「あぁ、ビクビクってっ、凄いっ、くぅぅ、チンポシコシコっ、チンポシコシコぉぉっ！　だ、出してくださいっ、熱いチンポっ、硬くてたくましいチンポぉ、美穂のイヤらしいおっぱいでスッキリしてくださいっ！」

「おぉっ、もっとだっ、大きな声でっ、あぁっ、出るっ、牝奴隷らしくおねだりしろっ」

蓮人の荒々し呼吸と肉棒の脈動が美穂に射精の予兆を知らせた。

夫でもない男の精で汚される嫌悪感に悲鳴をあげてしまいそうになる。

だが今は目の前の暴君を満足させることが先決だ。

反射的な行動をグッとこらえつつ、美穂は懸命に媚びてみせる。

「あぁ、ザー汁大好き美穂おっぱいですっ、んっ、んっ、牡臭い子種をおっぱいにぶちまけてくださいっ！　はぁ、あぁっ、チンポシコシコっ、荒々しいご主人様チンポっ、大好きですっ、チンポシコシコぉっ！」

肉棒の熱が乳房に伝わって、蓮人が限界に達したことを知る。

いよいよかと美穂は身構えた。

その美貌の間近でカウパーまみれの鈴口がヒクつく。

次の瞬間、濃厚な白濁液が一気に噴き出した。

「あひぃんっ、くうぅ、あっ、あっ、凄いっ、ザー汁ドピュドピュってっ、チンポが噴火してますぅっ！　あぁぁん、匂いも濃くて頭がくらくらしそうですぅ、あひっ、くうぅ、たっぷり射精ですぅっ！」

「くぅっ、おおぉっ、いいっ、飛び具合がオナニーとは段違いだっ、さすが美穂さん特製巨乳オナホっ！　最高のおっぱいだぜっ！」

「あぁん、熱いぃ、まだ出るのっ、あぁっ、元気よすぎますぅ、あひっ、あぁぁっ！」

「そりゃそのうち美穂さんを孕ませてやるチンポだしなっ、淫乱肉便器を相手取るにはこのくらい当然さっ」

「んはっ、孕ませるなんていわないでくださいっ、か、考えたくもっ、あぁん、熱いっ、まだいっぱい出るぅ、ドピュドピュってチンポがぁっ！」

　射精の勢いも精液の量も夫とは比べものにならない。

　あっという間に顔やら胸元やらが白濁液まみれになるまで汚されてしまう。

　これを膣奥に放出されてしまったらと思うだけで気が遠くなりそうだ。

　一方、美穂を精液で汚した蓮人は満足げだ。

「ふぅ～、スッキリっ、ありがとな、美穂さん。この巨乳オナホの味を知ったらもう二度と手放せないぜ」

「うぅ、こんなに出るなんて信じられないっ、あぁ、おっぱいがすっかりドロドロにっ」

「ザー汁と母乳のデコレーションがとっても似合ってるぜ。いっぱい搾り取れて牝として誇らしいだろ」

「はぁ、はぁ、社内で性奉仕なんてさせられているのに誇らしいもなにもっ」

「隠すなよ。俺が射精してるとき軽くイッってただろ。チンポとシンクロするなんてやるじゃないか」

やはり美穂はこのエロボディに相応しい淫蕩な素質を秘めている。

ここから先、ヤリにヤリつくして身も心も完堕ちした性奴隷へと調教してやるつもりの蓮人は今から楽しみで仕方がなかった。


美穂を手に入れる前とは違い、今は就業中にムラムラしても平気だった。

なにせ帰宅を待つことなくすぐに性欲処理をしてもらえる。

本気で便利だった。

快適な職場環境はまさに美穂のおかげだ。

もっとも相手をさせられる本人は気の休まる暇がなくて大変みたいだが。

とはいえ、ムラムラする原因も美穂にあるのだ。

ある意味、運命と思っておとなしく受け入れるべきだろう。

そんな傲慢なことを考えつつ、今日の蓮人は残業もそこそこに退社した。

そして自宅のボロアパートに帰るでもなく、とある公園で人待ちしている。

すでに日が落ちてだいぶ経つため蓮人以外に人影はなかった。

時間的にそろそろだと思うんだけど……と、ようやくお目当ての美穂がやってきた。

蓮人は早速にこやかに声をかける。

「やあ、こんばんは。月が綺麗ですね！」

「きゃあっ⁉　えっ、な、なんで⁉　どうしてここに⁉」

「もちろん美穂さんを待ってたに決まってるだろ。通勤ルートとか事前に調べてさ」

「それストーカーでしょっ、なに考えてるのよっ！」

もっともな指摘だった。

だが蓮人には糠に釘だ。

少しも反省した素振りはない。

それどころか馴れ馴れしく美穂の肩に腕を回す。

「まあまあ、落ち着いて。声が大きいよ。夜なんだし近所迷惑になったらどうするの」

「くっ、そ、そうね。あなたと一緒にいるところを誰かに見られたらことだわ」

「そ、それでなにか話でもあるの？　帰りが遅くなると夫が心配するから手短にお願い」

「うん、単刀直入にいうと美穂さんと生ハメしたくなったから待ってたんだ」

冗談を口にしているわけではなかった。

美穂もあきれ顔になる。

「……あれだけ私にイヤらしいことしといて、まだ満足してないの？」

「そりゃパイズリとかはしてもらったけど、生ハメは嫌がってしてもらってないからな」

「オフィス内なんだから当たり前でしょっ。バレたら懲戒免職じゃないのっ」

「だからこうして外なら問題ないだろ。ま、青姦なのは俺なりのサービスだぜ」

「正気じゃないわ。なおさらできるわけないじゃない」

蓮人の要求は詭弁もいいところだった。

通報されたら間違いなく警察沙汰だ。

だというのに蓮人は自分の欲望を最優先にして法律も倫理観も眼中にない。

「へへ、自分の立場を忘れたの？　牝奴隷の肉便器はチンポに絶対服従なんだぜ。美穂さんの意思は関係ないの。むしろ悦んで犯されますって態度こそがあるべき姿だぜ」

「だ、だからって外でなんてあんまりよ。せめてホテルとかならっ」

「ダ～メ！　美穂さんの家の近くだから意味があるんだろ。この公園って近道に使う人もいるだろうし、近所の人に見つかるかもってスリルが味わえるんだからさ」

「う、ウソでしょ、許してちょうだいっ、どうか家庭が壊れそうなことだけはっ」

夫と我が子を愛しているからこそ、美穂には恐怖でしかなかった。

蓮人からの凌辱を甘んじて受け止めているのも理由あってのことだ。

下手に事態を大事にしてレイプされている事実を夫に知られたくないからでしかない。

「そうやってぐだぐだすればするほど誰かに見られる可能性が高くなるだけだぞ。さあ、まずは肉便器らしくすっぽんぽんになってもらおうかな」

「こんなところで裸になれるわけないでしょっ、どうしてそんな意地悪ばかりするのっ」

「自分で脱げないってなら俺が無理やり剥ぎ取ってやってもいいんだぜ。けど、ボロボロに服が破けた格好で家に帰ったら旦那さんはどう思うだろうな？」

「くっ、ううぅ、卑怯者っ、わ、わかったわ、わかりました。脱げばいいんですね」

ようやく自分に逃げ場はないと悟ったらしい。

蓮人の言葉は脅しでもなんでもなく、このままでは本当に着ているものを力尽くで剥ぎ取られてしまいそうだ。

美穂はやむを得ず羞恥に震えながら一枚ずつ衣服を脱いでいった。

上着やスカートは丁寧にたたんで、芝生の上に並べていく。

ブラを外し、蓮人の視線が肌に突き刺さるのを感じつつ、股間も露わにする。

「あぁ、こ、これで満足ですか……？」

一糸まとわぬ裸身は公園の街灯に照らされて陰影が濃く浮かんでいた。

懸命に胸と股間を腕で隠そうとしたが、どうしても乳房や陰毛がはみ出てしまう。

恥ずかしげに身をよじると、たゆんと大きく乳房が揺れる。

「う～ん、エッロぉ！　やっぱ淫乱痴女らしい格好が美穂さんには似合うな」

「うぅ、早く済ませるなら済ませてください。とても気が気じゃありませんっ」

「ちゃんと社内でも生ハメさせてくれてたらこんな手間はなかったんだぜ」

「それは……わかりました。次からは気をつけますのでこんなことは許してくださいっ」

今はたまたま人通りがないだけで、決して安心はできない。

夜の公園といえども通勤帰りや夜の散歩に利用する近隣の住人は確実にいる。

こんな野外露出を繰り返していたらきっと見つかってしまうだろう。

それならまだオフィスでセクハラを受けるほうがマシだった。

少なくとも蓮人もほかの社員にバレないようにと最低限は気を遣ってくれている。

「素直なのはいいことだ。ま、許すかどうかは美穂さんのこれからの態度次第だな」

「あぁ、どうかお手柔らかに……あまり激しくされたらおかしくなってしまいます」

「そりゃ面白い。ガンガンおかしくなってくれても俺は一向にかまわないぜ」

美穂の肩に腕を回して近場の公衆トイレまで連れて行く。

ここはメインの歩道からは死角になっていた。

多少は美穂としても気が楽かもしれない。

もっとも声は簡単に遠くまで届いてしまうので結局は気休めにしかならないが。

「ほ～ら、しっかり壁に手をついて踏ん張れよ。まずは付け根まで頬張ってもらうぜっ」

「まっていきなりなんてっ、ちゃんと身体の準備ができてからにしてくださいっ」

「準備もなにも、とっくにぐっしょりヌルヌルまみれだろうが。ほら、挿れるぞ」

「ひいいぃ、んぐぐ、う、ウソです、あぁ、そんな無理やりグイグイ押し込まれたらっ」

「強引なのが好きな美穂さんだもんな。裸に引ん剝かれた時点でマゾ興奮してたんだろ」

肉棒に絡みついてくる膣粘膜は確実に火照っていた。

愛液も潤沢な上に濃厚で身体の芯から発情しているのは明白だ。

「あぁっ、奥にぃ、当たってますぅ、もう入りませんっ、そこで止めてくださいぃっ！」

「この前はちゃんと全部入ってたんだから甘えるなよ。ほらほら、まだまだいけるぞっ」

「ぐううぅ、大きいんですぅっ、こ、壊れちゃいそうぉ、ひぃっ、ひいぃっ！」

「へへ、きっと旦那さんサイズで最適化されてるんだな。でもこれからは俺のサイズに拡張してやるからなっ」

強引に腰を押しつけて肉棒を挿入していく。

美穂に熱く火照った剛直を拒むすべはない。

とっくに膣穴は蓮人の支配下にある。

「ふ、深いぃっ、あぁぁっ、オマンコ引き延ばされてぇっ、あっ、あっ、あぁぁっ！」

「ほら、しっかり付け根までずっぽり入ったじゃないか。犯されてる感が最高だろ？」

「うぐ、お願いです、動かないでくださいぃ、は、はち切れそうなんですぅっ！」

「逆だろ。ガンガン突きまくってすぐに俺のサイズに馴染ませてやるぜっ」

美穂が力んでいるせいか、以前と比べて秘窟はとても窮屈に感じられる。

だからこそ蓮人は面白がって、余計に激しく腰を振りだした。

「あぁんっ、酷いっ、ダメぇっ、激しいっ、あっ、あひっ、チンポ許してくださいっ！」

「くうぅっ、美味そうに締め付け返してくるっ、やっぱこういうのが好きなんだろっ！」

「硬いチンポ激しすぎてっ、あひっ、子宮おかしくなっちゃいますっ、くはぁっ！」

「おっぱいがデカイと弾み方も派手だな。ビーチボールかよっ」

つくづくイヤらしい身体だと、牡の獣欲はますます燃え上がる。

力強く腰を打ち付けると、乳房が縦に弾んで乳首の残像が生じそうなほどだ。

美穂にしても、それは乱暴に胸を揉まれているのと変わらない強い刺激だ。

ほどなく乳首がムズムズしてきて、拙いと思ったときにはもう手遅れだった。

「ひぃっ、ふはっ、あぁんっ、あっ、あっ、ダメぇっ！　見ちゃイヤぁぁぁっ！」

「おお、母乳がさっそく出てきやがったな。甘い匂いを嗅ぐとますますチンポの勃起が酷くなるんだよな〜。淫乱マンコ責めが捗るぜっ」

「母乳で興奮するなんてご主人さまは変態ですっ、あひっ、赤ちゃんのご飯なのにっ！」

「俺にそんな性癖を植え付けたのはほかならぬ美穂さんだろうがっ」

人目を忍んで母乳の処理をしている人妻の姿というものはとても妄想が捗る。

しかも実際にほのかな甘いミルクの香りまで漂わせているのだ。

これはもう是が非でもむしゃぶりついて、これでもかと母乳を吸ってみたくなるのが人情というものだ。

自分を基準に、そう蓮人は考えている。

「ま、だからこうやって責任とって肉便器になってもらったんだけどな」

「あぁん、とっても勝手な言い草ですっ、あひっ、犯される身にもなってくださいっ！」

だが蓮人は抗議の声を無視して思うままに膣腔の弾力を楽しんでいく。

出産経験のある産道なのだ。

赤子よりもサイズが小さい男根程度で手加減する必要なんてあるわけがない。

むしろ全力で貪らなければ失礼に当たる。

「相変わらず美味そうに吸い付いてくるぞっ、美穂さんマンコめっちゃ気持ちいいっ」

「ひぅ、太くて硬くて、あひっ、とっても熱いのぉっ、ダメぇ、おかしくなりそうっ」

「もっと素直になってもいいんだぜっ、旦那さんよりも俺のチンポがいいってなっ」

得意になってからかう蓮人だが、美穂は即座にいい返す。

「ば、バカなこといわないでくださいっ、あぁん、いくらなんでもそんなことはっ！」

「でもさ、旦那さんはこんなふうに美穂さんのこと公園で素っ裸にひん剥いて生ハメ青姦なんて牝マゾ好みの肉便器セックスはしてくれないだろ」

「当たり前ですっ、こんな恥ずかしくてつらいことするのご主人さまくらいですっ！」

「恥ずかしくて気持ちいいの間違いだろ？」

蓮人には美穂が真性のマゾヒストなのだとの確信があった。

なので責め手を緩めるどころか、さらに抽挿の勢いをあげていく。

乳房のバウンドも激しくなり、母乳が四方八方に飛び散る。

「つ、強くしちゃイヤですぅっ、声が出ちゃうっ、大きな声を抑えきれませぇん！」

「これ公園の隅々まで下品な喘ぎ声が届いてるぜ。誰か不審に思って見に来ないかな～」

「ひぃっ⁉ それはダメですぅっ、見つかったら大変なことになってしまいますっ！」

「またまた～、のぞきのひとりくらいはいたほうが美穂さんだって興奮するくせに」

街灯の範囲から外れた茂みや木の陰は視界がとおらない。

誰か潜んでいたらこちらからではわからないというわけだ。

もし暗がりに人が隠れていたらと思うだけで、美穂にはたまらないプレッシャーだ。

「あぁん、絶対にイヤですぅ、こ、これ以上は、とても耐えられませんっ！」

「でもさ、こうしてわざわざ街灯の近くを選んだのは、誰か通行人がのぞきに来たら見せ

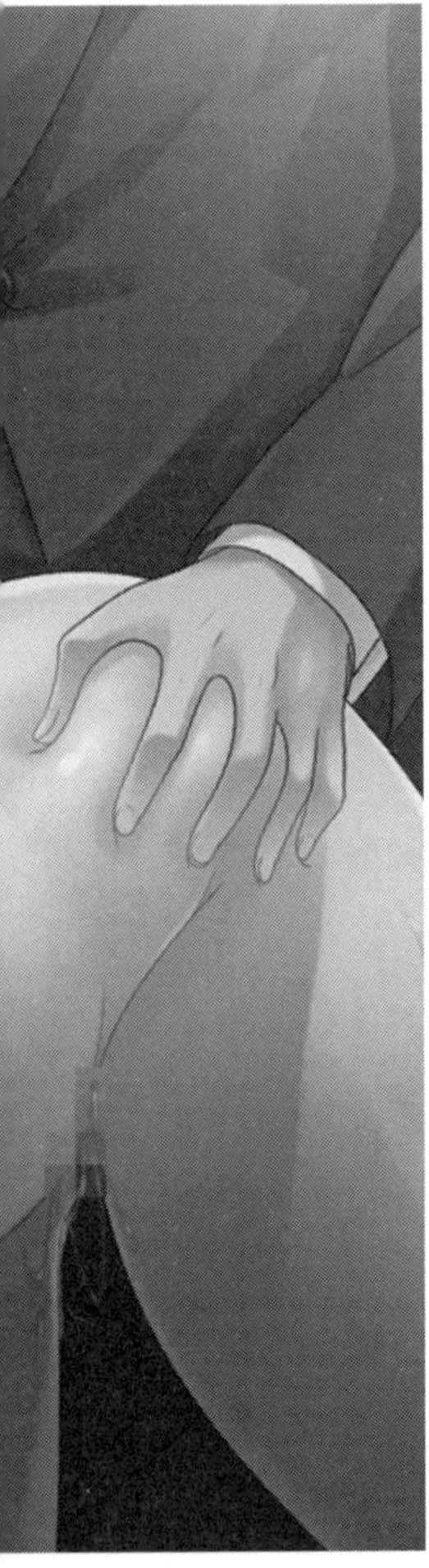

つけてやるためだぜ」

「な、なんでそんな意地悪するんですかっ、どうか夫の耳に届くようなことだけはっ」

「そりゃ最高にいい女を牝奴隷にしたら、ほかの男どもに自慢してやりたくなるだろ」

実際、街灯に照らされたたぐいまれな巨乳美人の裸身はとても映えた。

しかもその艶めかしい肌には官能の汗がビッショリと浮かんでいる。

嬌声も抑えきれず、内股までベットリと濃厚な愛液で濡れていた。

男なら誰だって種付けしてやりたくなる生唾ものの淫靡な姿だ。

「許してくださいぃっ、誰にも見られたくありませんっ、どうかご主人さまぁっ！」

「へへ、オフィスで俺の生ハメを拒んだ肉便器にあるまじき身勝手な態度は反省した？」

「くぐぅ、これからはちゃんとオマンコでもザー汁処理に励みます、だから……っ」

「俺は寛大な男だからな。ちょっとやそっとの失態くらい笑って許してやるぜ」

本来なら手の届かない高嶺の花だったはずの人妻上司だ。

それが今では惨めなまでに従順な姿を取っている。

なんとも牡の支配欲を心地よくくすぐる光景だ。

「ありがとうございますぅ、あぁんっ、で、ではもうこれで終わってくれますか？」

「それは最後までやることやってみないとわからないな。だからちゃんと反省したのか確かめてやるっ！」

強烈に絡みついてくる膣肉の刺激に肉棒が蕩けそうなくらい気持ちいい。

数日前では考えられなかった美穂との生ハメだ。

鼻血が出そうなほど興奮していた。

順当に高ぶってきた射精欲を解放すべく、蓮人はラストスパートをかける。

「まずは気持ちいいって認めてみろっ、普通なら恥ずかしすぎて身がすくむレベルなのに感じてるってなっ」

「あぁんっ、くひぃっ、き、気持ちいいですっ、感じたくないのに感じてますぅっ！」

「どこが気持ちいいんだ？　ここか？　ここだろっ！」

「そうですっ、チンポがゴリゴリ当たってる子宮が熱く痺れてますっ、あひぃっ！」

「公園ですっぽんぽんにされて興奮してる露出狂マゾオナホの名前もいってみなっ」

肉棒の強烈な突き上げは美穂に脳が痺れそうなほどの快感をもたらしていた。

このまま快楽に呑み込まれて我を失ったら大変なことになる。

ひとりの女性として身の破滅だ。

世間体を失うことへの本能的な恐怖心が、美穂を凌辱に対して卑屈にさせる。

「美穂ですっ、お外で裸にされて興奮してる露出狂マゾオナホは美穂と申しますぅ！」

「ははは、めっちゃ可愛いよ、おかげでチンポが限界だっ、今にも出そうだぜっ！」

「で、では出してくださいっ、あぁんっ、誰か人が来る前に早く済ませてくださいっ！」

「じゃあ最後に中出しのおねだりだっ、夫がいる身の人妻マンコに新鮮な子種を吐き出してくださいってな！」

美穂が自分の支配下にあることを実感したいがために、屈辱的な懇願を強要する。

夫への愛情が深い人妻だからこそ、肉棒で寝取るのにたまらないロマンを感じるのだ。

仮に美穂が嫌がったとしても、圧倒的な快感で操ってしまえばいい。

「あぁっ、ひ、酷すぎますぅ、あぁんっ、これ以上、夫を裏切るようなマネはっ」

「俺の牝奴隷になるって宣言したんだから今更だろうがっ、諦めて孕み乞いしろよっ！」

「ああぁっ、チンポ激しいぃっ、おうっ、くはぁっ、い、意識が飛んじゃいそうっ、チンポ凄すぎますぅっ！　ひぃ、あはぁっ、おかしくなっちゃいそうっ！」

案の定、結合部で愛液が白く泡立つほどの激しいピストンの効果は絶大だった。

余裕を失った美穂は、人妻のプライドを手放すしかなくなってしまう。

「ほら孕み乞いはどうしたっ、それともしばらくオモチャにされないとおねだりひとつ満足にできないのかっ」

「ひぃっ、ひぃっ、帰りを待っている夫がいるのに公園で肉便器してる美穂に中出ししてくださいぃっ！　美穂は人妻ですぅ、あぁん、人妻マンコに新鮮な子種をくださいっ！」

「もっとだっ、もっと孕み乞いしろっ、出すぞっ、ほらどこにほしいっ、キンタマから活きのいい子種をこれでもかって直送してやるっ！」

「ひぃ、ぐはぁっ、子宮にぃっ、中だし子種ぇっ、あっ、あっ、キンタマから直送お願いしますっ！　美穂マンコっ、あぁっ、人妻マンコに中出しでっ、チンポっ、あぁっ、ご主人さまの子種で孕ませてぇっ！」

夫への裏切りでしかない恥辱の孕み乞いを公園中に響くような大きな声で叫んでしまう。その屈服した惨めで官能的な人妻の姿が射精のトリガーとなった。

美穂は膣奥の子宮で熱い精液を感じ取った瞬間、強烈な絶頂に達した。

「イクイクイクうぅっ！　おほぉおぉっ、ドピュドピュって熱いのいっぱいぃっ、あっ、あぁあぁっ！　あぁあぁっ、奥に子種がいっぱいぃっ、あぁっ、ドロドロザー汁ぅっ、イクイクアクメマンコぉおぉっ！」

「くうぅっ、スゲェ締め付けっ、搾り取られるぜっ、そんなに美味いかっ、もっともっとご馳走してやるぞ！」

「ひぃんっ、くはぁっ、電気流れるっ、イクぅっ、脳みそまで痺れちゃうぅっ、あひっ、あぁっ！　ダメぇっ、イクの止まらないのっ、あぁんっ、イキまくりマンコっ、ひぃ、ひい、中だしザー汁凄いのぉっ！」

たまらず仰け反ってしまう。

乳房も大きく弾んで乳首から母乳が飛び散った。

絶頂の痙攣《けいれん》を繰り返す秘裂からも、射精のように透明な体液が吹き出る。

「潮まで吹いて派手にイッてんなっ、旦那さんとじゃここまで派手な中だしアクメはしたことないだろっ」

「あぁぁんっ、いわないでぇっ、あっ、あっ、勝手に美穂マンコイッちゃうのっ、またイクっ、おほぉおおぉぉっ！」

夫とのセックスでは感じたことがない派手な快感だった。

絶頂中の脳内でフラッシュが瞬き、目の前でもチカチカと白い光がなんども走った。

ようやく荒々しい快感の波が鎮まると、たまらない罪悪感が押し寄せてくる。

「ふはぁっ、はぁ、はぁ、あぁ……ひ、酷いぃ、こんなにイカせるなんて、死んじゃうかと思いましたぁ……」

「なにが酷いだ。逆に感謝してほしいぜ。浮気妻をマゾ悦びさせてやったんだからな」

「ううぅ、んぁ、う、浮気なんて……はぁ、はぁ、無理やりご主人さまの肉便器にされてるだけなのに……っ」

「その無理やりがたまらないんだろ？　へへ、どうせ美穂さんは旦那さんのチンポでここまでの天国は味わったことないだろ」

己の肉棒で牝を屈服させたことで、蓮人は勝ち誇った笑みを浮かべている。

美穂はとっさに侮蔑的な指摘を否定しようとした。

だが、たった今味わわされてしまった圧倒的な絶頂の余韻が人妻を打ちのめす。

そうなるともう力なく肩を落とすことしかできない。

「ふぅ、ふぅ、そ、それは……あぁ、ご主人さまはやっぱり意地悪ですぅっ」

「意地悪でけっこう。だってマゾマンコの変態浮気妻には、よっぽどふさわしいご主人さまってことだしな」

蓮人は自信を持って断言してやった。

美穂は媚肉をヒクつかせながらなにもいい返せなかった。

脳裏に浮かんだ夫の姿から、たまらず視線をそらしてしまう。

「うぅ、あなた……私、どうしたら……」

「どうもこうも、がんばって俺の肉便器を務めることだぜ」

「ひ、酷いです、夫と子供のある身に肉便器が務めだなんてっ」

「いやいや美穂さんには天職だろ。チンポに不自由しない毎日が保証されてるんだぞ」

蓮人の自信に満ちた声が、美穂の心を鎖のように縛り付ける。

もはや彼の腕から逃げ出すことは不可能なのだと、本能的な部分で理解してしまった。

絶頂の余韻に支配された裸身に恥辱を覚える。

だが明日からの惨めな牝奴隷生活に妖しい興奮も感じずにはいられなかったのだ。

第三章　育まれていく被虐の悦楽

これまでの蓮人は、朝は出勤時間ギリギリまで寝ていたい派だった。

だがこれからは違う。

余裕を持った行動を心がける男になったのだ。

そんなわけで始業一時間前には会社に出勤していた。

さすがにこの時間だとほかの社員の姿はまれだ。

そのまま男子トイレに向かう。

すると男子トイレのドアの前で美穂が所在なさげに立ちすくんでいた。

「おはよう、今朝も綺麗ですね。お肌も艶々だ」

「あの……朝早くからこんなところに呼び出すなんてどういうつもり？」

「美穂さんにはこれから毎朝、俺の朝勃ち処理をがんばってもらう！」

「絶対ろくでもないことだろうと思ってたけどやっぱりろくでもないことだったわ」

社内で人目を避ける時間帯と場所となれば、それがもう答えだった。

少し前ならなにか仕事に関わる相談だろうかと思ったところだ。

だがもはや蓮人が美保に向ける異常な執着と変態的な性嗜好を知ってからはなにを要求してくるのかくらいすぐに想像が付く。

「そ、それに毎朝って……正気なの？」

「朝にがっつり抜いておけば午前中くらいは落ち着いて仕事ができるかもしれないだろ。部下のため快適な職場環境を整えるのも上司の務めっしょ」

「またそんなもっともらしいこと……ただ単に私を辱めて遊びたいだけのクセにっ」

「生ハメを拒まないって約束だろ。また青姦がしたいってならべつに俺はかまわないぜ」

蓮人にしてみれば美穂をしっかりと辱めた上で性欲処理に協力してもらうことが目的だ。美穂が恥辱を感じさえするのなら、特に場所は頓着しない。

「くぅ、わ、わかりました。朝勃ち処理をさせていただきます」

「当然、生マンコに生ハメで中だしコースだよな？」

「は、はい、生マンコに生ハメで中だしコースでザー汁処理、が、がんばりますっ！」

「そうこなくっちゃ。よし、時間がもったいない。さっそくスッキリさせてもらうぜっ」

蓮人は美穂を男子トイレの個室の中に連れ込んだ。

パッとスカートめくり、下着を片足から抜く。

そのまま愛撫もなしに剛直をねじ込みにかかった。

巨乳も露出させ、しっかり両手でホールドしながら乱暴に揉みしだく。

「くうぅっ、あぁ、も、もっと優しくお願いしますぅ、はぁ、あっく、あぁあぁっ！」

「とかなんとかいっちゃって、さっそくヌルヌルの発情マンコじゃねぇの。男子トイレに呼び出された時点でチンポを期待してたんだな。まったく美穂さんは素直じゃないぜ」

「ううぅ、いわないでくださいっ、はぁ、はぁ、んぐぅ、これはなにかの間違いでっ」

太い肉棒が無慈悲に膣内を荒らしている。

だというのに、成熟した経産婦の肉体はうれしげに肉棒を受け入れていた。

本人の意思とは無関係に従順で敏感な反応を示している。

つらくてたまらないはずなのに身体は艶めかしい快楽を味わってしまう。

それが夫への裏切りだと知っているのに、次から次へと牝の悦びが込み上げてくる。

「深々と挿れてるだけでうれしそうに絡みついてくるぞ。そんなに気持ちいいのか？」

「あぁ、許してぇっ、グリグリかき回されたら、おかしくなっちゃいますぅっ！」

「乳首もめっちゃ勃ってんぞ。どうせふたりきりなんだし見栄張る必要ないだろ」

五指がめり込むほど乱暴に揉んだりなで回したりを繰り返している。

やがて乳房に張りが出てきた。

母乳がドンドンたまってきたのが感触でわかる。

性的興奮と母乳の量が密接に結びついていることはこれまでの経験でわかっている。

やはり美穂の身体はこの状況にマゾの被虐感を刺激されているとしか思えない。

「美穂さん可愛いぜっ、もっともっと可愛いとこ見たいな～」

「お、お願い変なことさせないで。今はいいけど、出勤してくる人が増えてきたら……」

「べつに変なことじゃないだろ。肉便器の正しいお仕事なんだからさ」

とはいえ、今は蓮人としても朝立ちを早くスッキリ解消したい気分だった。

一刻も早く性奉仕を終わらせたいと考えている美穂と思惑は一致している。

「ってことはだ、やっぱ美穂さんに協力してもらうのが一番だな」

「あっ、あっ、子宮つんつんダメぇっ、おかしくなるぅ、おかしくなっちゃうぅっ！」

「へへ、俺の動きに合わせてチンポを締め付けながら美穂さんも腰を振ってもらおうか」

腰を打ち付けるたびに子宮口のコリコリした感触が裏筋と擦れあって気持ちいい。

美穂にしても出産を経験したことで秘窟の性感が一段と熟成された牝の身体だ。

子宮責めで得られる快感が処女の比ではない。

もし男性経験のない少女が今の美穂のように子宮を肉棒で責め立てられたら苦痛しか感じられなかっただろう。

「ふたりで初めての共同作業が孕ませ肉便器なんて牝奴隷にはお似合いだぜ」

「はぁ、はぁ、ひ、酷いっ、あんまりです、ご主人さまぁっ」

「ほら早くしろっ、自分の立場を忘れたのか美穂さん？　チンポを締め付けるんだっ」

相手の意見は聞き入れずに一方的に命令してやる。

美穂にはこれがとても効果的だ。

恥辱に震えながらも、おずおずと腰を動かし始める。

「くぅ、ふあっ、あぁんっ、大きいぃっ、はち切れちゃいそうですぅ、あっ、あぁっ！」

「でも喘ぎ声が蕩けてるぜ、強引にオナホにされるのホント好きなのな」

「ふぅ、んんぅ、す、好きなんかじゃありません、あぁっ、脅されて仕方なくですぅっ」

「そうやって強がるところも可愛いぜ。チンポで屈服させるのが超興奮するし」

ずっと胸の奥底でくすぶっていた美人上司への思慕の念は、深い絶望を経験したせいかすっかり歪みきっており粘着質な嗜虐欲《しぎゃくよく》へと変わり果てていた。

蓮人は昂ぶる感情のままに美穂を凌辱し続けていた。

性欲処理用の肉便器にしてやった上で嬲《なぶ》り抜くのは一見ただの虐待にしか見えない。

だが蓮人にしてみれば、これこそがれっきとした愛情表現のつもりだった。

美穂の嬌声が明らかに悦んでいることも蓮人の責めに拍車をかける。

「女を屈服させるのが楽しいなんて、それはご主人さまの性格が悪いだけですぅっ！」

「旦那さんがいい人じゃ淫乱マゾが欲求不満になるだけだろ。やっぱ俺みたいな悪い男のほうが美穂さんにふさわしいぜ」

「バカなこといわないでください、こんなことさせられてイヤでたまらないのにっ」

きっぱりと苦言を呈した。

その割には要求どおり生真面目に腰を振っている。

嫌がる言葉とは正反対に懸命に射精させようとするのだから蓮人は笑いが止まらない。膣壁の細かいヒダの群れがカリ首と強く擦れあう。

たまらなく気持ちいい。

性欲処理に特化したオナホマンコの持ち主が愛しの美穂なのだと改めて惚れ直す。

「イヤでたまらないハズなのにキュンキュンうれしそうに締め付けてくるなんて、やっぱ美穂さんは淫乱マゾなんだよ」

「うっく、奥がかき回されて、あっ、あっ、こんなにつらいのに、あぁん、イヤぁっ！」

「雑に扱われれば扱われるほど感じるんだからド変態にもほどがあるぜ」

「んんぅ、ダメぇ、いわないでぇ、あんっ、これ以上、いじめないでくださいぃっ」

自分でも背徳的な昂ぶりを感じている自覚があるだけにやるせなかった。

どれだけ蓮人相手に感じるわけにはいかないと念じてもまるで無駄なのだ。

「俺にいわれたくないなら自分でいえよ。美穂は浮気チンポに犯されて悦んでるマゾマンコですってさ」

「浮気なんて、あひっ、違いますぅ、こんなの望んでませんっ、あんっ、あぁぁっ！」

「貞淑なふりして誤魔化そうったって無駄だぜっ、ほらいえよっ、チンポで脅迫されて無理やりいわされるのも好きなくせにさっ」

切っ先に力を込めて、重点的に子宮口を連続で突き続ける。

たちまち美穂の嬌声が一段と甲高くなった。

「狡いご主人さまぁっ、痺れるぅ、脳みそまでビリビリきちゃうっ、あぁんっ！」

「ほらどうしたっ、始業前に俺をスッキリさせなきゃどうなるかわかってんだろっ」

「んはぁっ、奥でゴリゴリってっ、強すぎますぅ、ダメなのにぃ、熱いぃ、おふぅっ！」

「へへ、十回くらい連続アクメさせてやったら少しは素直になれるかな？」

いくら貞淑な人妻でも理性のタガを外してしまえば、淫蕩なマゾ牝の本性が現れる。

これまでなんども望まぬ恥辱の屈服をさせられてきた美穂だ。

いくら蓮人相手に強がっても意味がないことは身に染みていた。

自分が崖っぷちに追い込まれていることに気づき、美穂は血相を変える。

「ひぃい、そんなにイカされたらなにがなんだかわからなくなっちゃいますっ、許してください、いっ、あ、頭が壊れちゃいますぅっ！」

「俺のモノになるって誓ったあの日の夜の美穂さんはめっちゃエロ可愛かったもんなぁ。俺はべつに朝礼でみんなにも美穂さんの本当の姿を披露してやってもいいんだぜ」

「あぁん、許してくださいぃ、どうかそれだけはっ、あっ、あっ、取り返しの付かないことになりますぅ！」

「だったらどうしたらいいかガキじゃないんだからわかるだろ？」

いいふくめるように抽挿にひねりを加えて責め立てる。

美穂の理性と抵抗心はガリガリと削り取られていく。

すでに五指がめり込むほど乱暴に揉みしだいていた乳房もジンジンと熱を帯びており、ひ

と揉みごとに痛みと快感が混ざりあった痺れが走っていた。

「んひぃっ、これ以上は本当にっ、あっ、あっ、許してご主人さまぁっ！」

「卑しい牝の本性を抑えきれなくなる前に、俺をイカせたほうがいいんじゃないの？」

「そ、それはぁっ、くぐぅ、あなたごめんなさい、これは仕方ないことなのぉ……っ」

美穂の腰振りが今まで以上に積極的になってきた。

夫への謝罪を口にするということは、それだけ美穂が罪悪感を覚えているということだ。

膣肉の締め付けに淫蕩な痙攣《けいれん》が加わり、着実に蓮人の射精欲を煽ってくる。

「ど、どうかイッてくださいっ、んんぅ、美穂のオナホマンコでスッキリとっ！」

「おお～、いいよいいよ、そうこなくっちゃ。さあ、ほかにもいうことがあるだろ？」

「あぁっ、み、美穂はぁ、浮気チンポに犯されて悦んでいるマゾマンコですぅっ！」

「日那さんより大きなチンポに美穂はメロメロですってのもいいな」

「うぅ、お、夫よりも大きなチンポにぃ、美穂はメロメロですぅ、あぁ、イヤぁっ！」

いいなりになるしかない身の上を恥じらう姿がたまらなく艶めかしい。

美穂の肉体も確実にマゾ興奮している。

媚肉の火照りが酷くなっていく一方だ。

「へへ、具合がよすぎるせいでイキそうだぜ。次は中出し乞いと孕ませ乞いを頼もうか」

「あっ、あっ、素直にはイッてくれないんですかっ、どうしても私を辱めたいとっ」

「美穂さんが最高にいい女なのが悪いんだぜ。だって牡ならそんな牝を屈服させて支配してやりたくなるからな」

「あぁっ、ふっくく、もう十分に私はご主人さまに逆らえない立場になってますぅっ！　きちんと大人しく肉便器になるからこれ以上のさらなる辱めは許してほしい。

そう喘ぎ声で哀願する美穂だった。

しかし、蓮人に譲歩してやる理由はこれっぽっちもない。

「しっかり自分の子種で孕ませてこそ、牝を自分のモノにしたっていえるんだぜ」

「あひっ、ふあっ、ほ、本気で夫も子供もいる人妻を妊娠させるつもりなんですかっ」

「当然だろ。美穂さんは俺のモノだ。だから美穂さんの孕み乞いは義務でもあるんだ」

ラストスパートをかけて、一気に美穂を追い込んでいく。

もはや肉棒で縫い止められた女体に逃げ場はなくなっていた。

美穂は蓮人の要求を全面的に受け入れる道しかない。

「さあっ、さっさと子種をくださいってお願いしろっ、キンタマ空っぽになるまで中出ししてってなっ！」

「ダメぇっ、強くしちゃっ、あぁん、激しいぃっ、チンポも中でヒクヒクしてるっ！」

「おねだりしたらすぐに出してやるぞっ、いえっ、人妻マンコを捧げますってなっ」

「あぁぁっ、だ、出してくださいっ、子種っ、いっぱいっ、孕ませてくださいぃっ！」

ついに恥辱の懇願を口にしてしまった。

最初の一回を越えてしまえば、そこから先の心理的なハードルはないも同然だ。

そうなるともうなし崩しで状況に流されていくしかなくなってしまう。

圧倒的な快感の濁流に意識を千々に乱される。

美穂は惨めなまでに下卑た従属の言葉を繰り返してしまう。

「ご主人さまに人妻マンコを捧げますぅっ、あひっ、キンタマ空っぽになるまで中出ししてくださいぃっ！　あぁっ、激しいぃっ、くるぅっ、チンポ暴れてるっ、キンタマぁっ、あぁん、子種がっ、あっ、あぁぁっ！」

「ははっ、やればできるじゃんっ、いいぞ、ご褒美に大好きなザー汁プレゼントだっ！」

蓮人はとどめとばかり肉槍を深々と突っ込んだ。

膣腔も射精の予兆を察して強烈に締め付け返してくる。

肉棒の鈴口と子宮口を密着させた上で、これがとどめだとばかり荒々しい獣欲を込めて、欲望の粘塊を思う存分にぶちまけた。

「イッくううぅっ、ふあっ、あぁぁっ、ドピュドピュ熱いのいっぱいっ、ひぃぃっ、イクイクマンコぉっ！　おふぅっ、んはっ、ザー汁でイッちゃうぅっ、あぁっ、またイクっ、中だしアクメ止まらないぃいぃいっ！」

「やっぱ俺の子種は最高だろっ、さあ孕めっ、美穂さんは俺のモノだっ！」

「はぐぅ、まだ出てるぅっ、イキすぎておかしくなりそうっ、もう許してぇっ！」

激しい絶頂感は全身に落雷を受けたかのような衝撃がある。

成熟した人妻ですら命の危険を覚えるほどの快楽だ。

背徳的な悦楽が起爆剤となった絶頂にはとても慣れることはできない。

だからこそ蓮人は肉棒を引き抜かない。

それどころか追加で強引な射精を繰り返す。

美穂の蜜壺は、拒絶の言葉とは裏腹に射精中の男根を扱くような蠕動《ぜんどう》が止まらない。

まるで尿道の中の精液を一滴残らず搾り取ってやろうとしているかのようだ。

「ははは、露骨に子宮が俺の子種を求めてるぞっ、モテる男はつらいねぇ♪」

「あぁんっ、ドロドロの特濃ザー汁が染み込んでくるぅっ、イクっ、イッちゃうぅっ！」

「まったく貪欲な牝穴だぜ。ほかならぬ美穂さんのためにデザートもご馳走してやるっ」

ニヤリと嗜虐的な笑みを浮かべた。

蓮人はあえてその場で肉棒の尿道を緩める。

その目的は射精ではなく排尿にあった。

深々と結合したまま、牝の秘窟を小便器扱いしてやるのだ。

「あぁんっ、オシッコまでするなんてぇっ、ひぃ、くはぁっ、またイッちゃうぅっ！」

「へへ、さすが美穂さんだ。出されただけでザー汁との違いがわかるんだな」

「あひっ、酷いですぅ、こんなのでイカせるなんてぇっ、子宮がおかしくなるぅっ！」

「イッてる最中はスゲェ過敏になってるから、変態マンコにはクリティカルヒットだろ」

小水が膣壁に染み込んでくる感触は格別の汚辱感があった。

精液を中出しされる背徳感とはまた別のベクトルでマゾ性を刺激されてしまう。

「くひぃっ、いつも変なことばかりされてたら、そのうち壊れちゃいますぅっ！」

「この程度でどうにかなるタマかっ、もうとっくに美穂さんの本性はバレてるんだぜっ」

「あひっ、ふあっ、で、でもっ、くうぅ、こんなの絶対、普通じゃないですしっ」

世間一般の倫理観を持っていたら、こんなものは顔を背けるような変態行為だ。

だというのに美穂の身体は極上の快感に酔いしれてしまう。

脳裏の片隅に追いやられた理性が、これ以上堕とされたら戻れなくなってしまうに違いないと恐怖を訴えている。

もっとも蓮人はどこ吹く風だ。

「大丈夫っ、旦那さんとの普通のセックスなんかじゃ物足りない最高級淫乱マゾに躾《しつ》けてやるから安心しな」

「はふぅ、はぁ、はぁ、わ、私の身体をこれ以上おかしくしちゃイヤですぅっ！」

「な～に、恥ずかしいのは今だけで、あとで必ず俺に感謝すること間違いなしだね」

さしあたって、美穂のマゾ性を育むための調教具をプレゼントすることにする。

蓮人があらかじめ用意していたものは極太バイブだった、

「ひいっ、お、大きいっ、まさかこれを私に使うつもりなんですかっ！」

「俺の勃起サイズと同じだぜ。こいつを就業中はずっと挿れっぱなしにしてもらう」

「う、ウソですよね、刺激が強すぎてとても仕事になりませんっ」

「中だししてやったザー汁の栓の役目もあるんだから美穂さんに拒否権はねぇからな」

蓮人がきっぱり断言してやると、美穂は絶望的な顔つきになる。

もっとも、膣穴のほうはうれしそうに淫靡なヒクつきを何度も繰り返していた。


今日も元気だ残業代が美味い。

……とでも思わなければ普通は気が滅入るだけの時間外勤務だ。

しかし愛しい牝奴隷といっしょなら話は別だ。

蓮人はウキウキ気分でかたわらの美穂に笑いかける。

「ほかの連中も帰ったたし、やっと俺とふたりきりになれたね美穂さん」

「そ、そうね。うぅ、だったらもう取ってもいいわよね？」

「なにを?」

「もちろんアソ……いえ、美穂マンコを調教中のご主人さまチンポサイズバイブですっ」

美穂が慌てて蓮人に媚びてみせる。

どんなに恥ずかしくても、下品で低俗ないいまわしを選んだのは正解だったようだ。

やはり牝穴を使った躾は効果絶大だと、蓮人は満足げにうなずいた。

「へへ、ちゃんと牝奴隷らしい態度が身についてきたようでなによりだ。どう？　仕事中に何回くらいイッた？」

「イッたりなんかしませんっ、ううぅ、落ち着かなくてつらかっただけですっ」

「またまた、マゾ牝の美穂さんに限ってそんなハズないだろ」

目線をそらして恥ずかしげに答える美穂の言葉を一蹴した。

辱めれば辱めてやったぶんだけ淫らな昂ぶりを覚えるマゾ牝に遠慮は無用だ。

「ウソなんかつきやがって、きっついアヘイキお仕置きで足腰立たなくしてやるぞ」

「あぁ、ほ、本当です、近くの人にいつバレやしないかと気が気じゃなかったですし」

「だったら服を脱いでスッポンポンになれ。頭の上で手を組んでガニ股になるんだ」

「ぬ、脱ぐだけじゃなくて、そんな恥ずかしい格好まで……っ」

また狂おしいまでの恥辱責めで嬲られるのかと思うと気が重くなる。

蓮人は好色な笑みを浮かべて早くも股間のテントを堂々と見せびらかしていた。

「ふっふっふっ、巨乳美人にはド下品なポーズこそギャップがあって最高だからな」

「うぅ、ご主人さまは変態ですっ、いえ、もちろん逆らったりはしませんけど……」

夢なら覚めてほしいと願わずにいられない。

とっくに恥ずかしさの限界を超えている。

一方の蓮人はじっくりとなめ回すような視線を向け続ける。

美穂が一枚ずつ衣服を脱いでいく姿に鼻息が荒くなり目が釘付けだ。

まさにストリップか野球拳を観覧している気分だった。

「あっと一枚！　あっと一枚！」

「せ、せかさないでくださいっ、あぁ、だ、誰も戻ってきませんよねっ」

「そんときゃそんときだ。よし、どうせならもっと恥ずかしい格好にしてやろうか」

蓮人はサインペンを手に取ると、美穂の白い肌にスラスラと落書きした。

肌が敏感になっているため、くすぐったくてたまらないが懸命にがまんする。

「こ、これでよろしいでしょうか？　あぁ、とってもバカみたいですっ！」

「思ったとおり最高だぜっ、チンポだってビンビンで今から中出しするのが楽しみだわ」

グルグルと美穂の周りを衛星のように周回し、しっかり全身を視姦する。

股間から生えているバイブからネットリと愛液が糸を引いてしたたり落ちた。

蓮人は美穂の無防備な脇や首筋に顔を埋めて匂いを嗅ぐ。

母乳混じりの甘い体臭がたまらない。

しかも、勤労の汗と混ざりあってムッとするようなフェロモンになっていた。

「くんくん、まったくエロい香りしやがって。脇と股間なんてひと嗅ぎしただけで童貞なら射精してるぞ」

「あぁ、そんな顔を近づけて嗅がないでぇっ、まだお風呂に入ってないのにっ」

「この生々しさがいいんだよ。美穂さんだって汗で蒸れたチンポの匂いは大好きだろ？」

「うぅ、べ、べつに好きなんかじゃ……」

「いいや、絶対に好きだね。だって美穂さんは変態マゾだし。貞淑なふりしてるだけのド淫乱だろうが」

丸出しの双丘の先端では乳首がしっかりと硬くなっていた。

指で軽く突いてやると、さらに勃起が酷くなる。

「い、いじめないでください、私の立場じゃ身の潔白を証明することすらできないのに」

「バイブを挿れたままのバカな格好させられたらクリと乳首がツンツンに勃ってきたのになにいってんだか。どうして美穂さんは素直にならないかな。よし、罰として腰振りだ。そのまま前後にカクカク振れっ」

「またそんな辱めを……うぅ、わ、わかりました。ご命令どおりに腰を振りますぅっ！」

泣きたくなるほどの恥ずかしさに耐えてみせた。

肉便器
ビッチ

蓮人を楽しませるために惨めなダンスを披露しなければいけないのだ。

交尾中の雄犬のように腰を振ると顔から火が出そうだ。

蓮人の視線も痛いほどに感じる。

気を緩めたら思わず胸や股間を手で隠してしゃがみ込んでしまうだろう。

「んっ、んっ、こ、こうですかっ、こんな姿だれかに見られたら生きていけませんっ！」

「へへ、バイブが抜け落ちないようにしっかり締め付けとけよ」

蓮人はおもむろにスマホと取り出すと、レンズを美穂に向けた。

とても人には見せられない人妻の痴態を堂々と撮影し始めたのだ。

「あぁん、と、撮らないでくださいっ、撮っちゃイヤですぅっ！」

「なかなかいい絵が撮れてるぜ。これネットにアップしたら美穂さん大人気だぞ」

「イヤぁ、どうかそれだけはっ、ちゃんということ聞きますから許してください……っ！」

「そこは心がけ次第だ。がんばって牝奴隷らしい態度ってものをよく考えるこった」

当たり前だが、こんな痴態を世間に知られるわけにはいかない。

だが浅ましい姿を撮られれば撮られるほど美穂は逆らえなくなってしまう。

まさに感情と現実との板挟みだ。

二度と抜け出せない底なし沼に捕らわれてしまうようなものだ。

少しでも早くこのつらい辱めを終わらせるため、やむなく蓮人に服従する。

「うぅ、ご、ご主人さまのチンポに悦んでもらえるよう、誠心誠意尽くしますぅっ！」

スマホが捉えている美穂の姿は、懸命に腰を振っていた。

そのたびに抑えきれない吐息を漏らしている。

力の限り締め付けているせいで自然にバイブと媚肉が擦れあってしまうからだ。

「んく、うぅ、こ、腰振りはいつまで続ければいいのですか？」

「そりゃ素直にならないことへの罰なんだから素直になったら許してやるさ」

憧れの美人上司を手に入れ、その肉体を思いのまま嬲れるようになったのだ。

次は当然のように心の凌辱で遊ばせてもらうに決まっている。

スマホで撮影しているのはとても都合がいい。

ことさら恥辱を煽るような発言を強要して永久保存してやれるからだ。

「で、美穂さんはムレムレで我慢汁滴らせた青筋勃起チンポが好きって白状しろよ」

「はぁ、んく、む、ムレムレで我慢汁滴らせた青筋勃起チンポが美穂は好きですぅっ」

「愛している旦那さんよりも、奴隷扱いしてくれる俺のチンポが気持ちいいかな？」

「あぁん、酷いですぅ、はぁ、はぁ、さ、察してくださぃ……っ」

これまでなんども裏切りの追随を口にさせられてきた。

それでも夫を貶める発言だけは耐えがたかった。

どんなに身体を穢されたとしても、まだ夫を深く愛している。

だからこそ蓮人にしてみれば、ますます嗜虐欲を刺激されるわけだ。

「ダ～メっ、答えろっ、スマホに録画されながらでも素直になってこそ牝奴隷だぞっ」

「あぁん、そんなのもちろん夫のほうがいいに決まってますっ！」

「へ～、決まってるんだ。あれれ～？　おかしいぞ～？」

ニヤニヤしながら軽く乳首を指ではじいてやる。

女体が欲情している証である母乳が先ほどから止まらなくなっていた。

「あひっ、イヤぁ、おっぱいがぁっ、くぅぅ、ダメぇ、どんどん出てきちゃうぅっ！」

「へへ、俺の目から見ても、おっぱいがパンパンに張ってるのがわかるぜ」

「うぅ、これはもとから母乳が多い体質だからで……」

「ウソじゃないけどホントでもないな。答えをはぐらかしても時間の無駄だっての」

とても淑女とは思えないガニ股ポーズだ。

その格好のまま滑稽《こっけい》に腰を振るたびに乳房が大胆に弾んでいる。

そこを狙い澄まして、からかうように指でつつきながら蓮人はあざ笑う。

「興奮してチンポがほしくなってくると我慢汁みたいに母乳がでてくる牝なんて美穂さんくらいのもんだわ」

「あぁん、そんなことはけっしてっ」

「またまた～、俺の肉便器になってから、母乳の出が一段とよくなってきたくせに」

「ふぅ、うっく、そ、それは……たまたまかもしれませんし……」

「俺の観察眼は一級品だぜ。昔から陰ながら美穂さんを視姦してきた経験があるからな」

なんの悪びれもなくキッパリと断言した。

美穂相手に粘着質な気質を隠す必要がなくなったのだ。

今の蓮人にはなにも怖いものはない。

「そんなの自慢になりませんっ、はぁ、あぁ、ご主人さまキモすぎますぅっ！」

「はっはっはっ、そのキモさが病みつきになるのが変態マゾって生き物だろうが」

「はぁ、はぁ、身体が反応しているからといって、うれしいわけじゃありませんっ」

頬を朱に染めたまま恥じ入るようにうつむく。

無理やり絶頂させられたあとの恥ずかしさと自己嫌悪は筆舌に尽くしがたい。

「脅されて犯されているのにイッてしまうなんて最悪の気分になるだけですっ」

「そりゃまだ貞淑気分が抜けきってないからだろ。そろそろ現実を受け入れたらどうだ」

蓮人は美穂の股間から生えているバイブに手を伸ばす。

とっくに愛液まみれになっているだけでなく濃厚な牝の匂いを放っていた。

「はぁ、んく、や、やっと抜いてくれるんですか……？」

「ま、いつまでもコイツが埋まってたらチンポが挿れられないし」

ただし、その前にもうひと仕事してもらうつもりだ。

不意打ちでバイブのスイッチを強でオンにする。

たまらないのは美穂だ。

ずっとトロ火で焦らされていたような秘部だ。

充血しきった膣壁の粘膜はかなり敏感になっていた。

甘い振動がたやすく絶頂への呼び水になってしまう。

「ひいいいぃいいぃっ⁉　イクぅっ、あっ、あっ、またイクぅっ！」

「ちょっと煽ってやるだけでこのザマだ」

「あぁぁ、と、止めてくださいぃ、あぁんっ、またイッちゃうぅ、あひっ、あぁぁっ！」

「どうだ美穂さん。見栄を張る余裕なんてないだろ。ほらほら素直な牝になっちゃえよ」

「ふぐぅ、ご主人さまはズルイですぅ、あひっ、イクぅっ、止まらなくなっちゃうぅ！」

こうなるともう美穂に為す術はない。

秘窟を責め立てるバイブを勝手に抜くわけにはいかない。

となると、いつ絶頂地獄から解放されるかどうかはすべて蓮人の胸三寸だ。

蓮人はさらに深くバイブを挿入した。

意地悪く子宮に直接振動が伝わるようにしてやる。

「簡単なことしか聞いてないぞ。ほら旦那さんと俺のチンポ、どっちが気持ちいいの？」

「くぐぅ、イクぅっ、あぁ、おかしくなっちゃうぅ、ひぃっ、ひぃっ、チンポぉ、チンポはぁ、ぐひぃっ、ご主人さまのチンポのほうが気持ちいいですぅ、あぁん、イクぅっ！」

「ずっと偽物が入ってたから本物が恋しくて仕方なかっただろ」

「あぁっ、イキっぱなしになっちゃいましたぁっ、酷すぎますぅ、あぁん、無理やり本音をいわせるなんてっ、あっ、あっ、チンポのせいですぅっ、あひっ、ご主人さまが意地悪するから、あぁん、チンポぉぉっ！」

絶頂するたびに思考が白く灼きつくせいだろう。

受け答えに理性が介在する余地がなくなっている。

これこそ肉便器のあるべき姿だ。

淫らな本性を露わにした美穂は、心の底から魅力的だと思う。

「焦らされきったマゾ牝にここで本物を与えたら、そりゃ激しく乱れるだろうな〜」

「あひっ、イクっ、またイクぅ、これイヤですぅ、止めてぇ、バイブはイヤあぁぁっ！」

「だったらなんだったらいいんだ？　大きな声でしっかり教えてくれよ」

「ふぅ、くぐぅ、それはぁ、あぁん、ダメなのにぃ、許してあなたぁっ、ち、チンポぉ、生チンポですぅ、あぁん、ご主人さまのカリ高勃起チンポがいいのぉっ！」

「へへ、しょうがない浮気妻だな。いいぜ、素直になったご褒美にくれてやるよっ！」

振動していた極太の栓を無造作に引き抜く。

返す刀で熱く脈動する肉棒を一気に付け根までねじり込んでやる。

狙いは美穂の弱点の子宮だ。

「あぁぁっ、チンポぉおおぉぉっ！　深いぃぃ、熱くて硬いっ、凄いっ、凄いですぅっ！」

「れっきとした発情マンコだな。お～、抜群の吸引力だぜっ、もう美穂さんったらチンポ好きなんだからっ」

ここぞとばかり積極的に絡みついてくる膣壁の心地よさはまさに無二のものだ。

想いを抱いていた極上の牝から露骨に牡として求められてうれしくない男はいない。

ますます美穂が愛おしくなる。

昂ぶる感情と同調して肉棒のサイズも増していく。

「突いてぇ、ご主人さまぁ、おかしくなるぅっ、奥にぃ、ズンって、ズンってぇっ！」

「わかってるぜ。こんな感じだろ？」

執拗に狙い続けるのは子宮口だ。

孕み袋は早くも下がりきっていて、子種乞いをしている。

蓮人はニヤニヤしながら体重をかけて腰を打ち付ける。

女体のムッチリした全身の皮下脂肪が衝撃でポヨヨンと波打つ。

まさに経産婦ならではの円熟した身体はすべてが扇情的だ。

「くはぁっ、激しいぃっ、チンポぉっ、熱い生チンポで美穂マンコ満杯ですぅっ！」

「バイブの拡張が効いてるな。ピッチリ吸い付く完全ジャストフィットオナホの完成だ」

「んんぅ、凄い一体感ですぅ、こんなの初めてぇっ、きつくないっ、蕩けちゃうぅっ！　チンポといっしょっ、美穂マンコはご主人さまのモノぉっ、チンポマンコぉおぉんっ！」

美穂は完全に男根との一体感に酔いしれ、呑み込まれてしまっていた。

圧倒的な快感に翻弄されて強がる余裕すら失っている。

「ははっ、いってることがめちゃくちゃになってきたな。そんなに気持ちいいのかよっ」

「気持ちいいっ、ダメなのにぃ、感じちゃダメだけどチンポ大好きマンコなのぉっ！」

「もう旦那さんのチンポじゃイケない身体になっちまったかもなっ」

「硬いぃっ、凄いのぉんっ、響くぅ、もうなにがなんだかわからないですぅっ！」

普段の姿が理性的なだけに、肉棒で乱れる淫蕩な姿がよけいに魅惑的に見える。

旦那ですら知らない牝の顔だ。

蓮人はますます得意げになって責めまくった。

「肉便器は深く考える必要ないぜ。牝なら子宮であれこれ判断できるだろっ」

「さっきよりも凄いのがきそうっ、あひっ、痺れてるっ、は、弾けちゃいそうっ！」

「どんどん弾けちゃおうぜっ、ほらこれが好きなんだろ？　オラオラオラっ！」

激しい抽挿がもたらす快感の前では人妻の体裁を取り繕う余裕なんて簡単に消し飛ぶ。

お気に入りの牝が自分の肉棒で翻弄される姿はたまらなく支配欲を刺激してくれる。

今の美穂は男子トイレの個室で犯されていた事実にも、マゾ的な興奮を覚えていた。

「チンポ凄いぃっ、あひっ、凄いのチンポぉっ、たまらないっ、もっと犯してぇっ！」

「昼間、あれだけくそ真面目に働いていた職場で肉便器にされるの最高だろ？」

「ゾクゾクしますぅっ、美穂は神聖な職場を穢すとんでもない肉便器ですぅっ！」

「みんな美穂さんの本当の姿を知ったらその場で輪姦パーティだろうよ」

周囲への露見をとても恐れている美穂だ。

想像を刺激するような脅しはそのまま被虐感を煽ることになる。

案の定、美穂は淫靡な笑みを嬉々と浮かべてグイグイと媚肉を締め付けてきた。

「そんなのダメですぅ、美穂マンコはご主人さまのモノぉっ、専用肉便器ですぅっ！」

「へへ、もう旦那さんには使わせてやらなくてもいいのか？」

「あひっ、そ、それはぁ、あぁん、わかりませぇんっ、全然、頭が回らなくてぇっ！」

「牝なら子宮で判断できるって教えたろっ、答えろっ、美穂さんの淫乱な本音をなっ！」

乱暴な突き上げで答えを強いる。

カリ首の段差が的確に膣内の性感帯をこすり上げた。

蓮人によって開発された性感が美穂を肉欲の虜にしていく。

「くひぃぃっ、激しいっ、壊れちゃうぅっ、チンポ凄いぃっ、カリ高勃起チンポがズンズン奥にぃっ！　あぁっ、チンポ最高ぉっ、美穂マンコの形はもうすっかりこのチンポの形になっちゃいましたぁっ！」

「旦那さんも急に自分の奥さんがスカスカマンコになってたらビックリだろうな。そりゃもうガッカリ間違いなしだぜ」
「あひっ、あぁんっ、そんな失礼なチンポには使ってほしくありませぇんっ、あはぁっ！　美穂マンコを使っていいのは特濃ザー汁をたっぷり中だししてくれる絶倫カリ高勃起チンポだけでぇすっ！　とっても太くて硬くて最高なのぉっ！」
　夫の身体しか知らない貞淑な人妻のままだったら決して表に出ることはなかった淫蕩な本音がスラスラと口を突いた。
　蓮人の荒々しい獣性をその身に浴びたことにより、美穂もまた変わらずにはいられない。

愛する夫の伴侶だったはずなのに、嗜虐的な主人にこそ牝の愛着を感じてしまっている。

「ははははっ、そりゃもう俺しかねぇなっ、なんだやっぱ美穂さんは俺の牝奴隷になる運命だったんだよ。大好物のザー汁をご馳走してやる。誠意を込めて孕み乞いをするんだっ」

「あひっ、チンポラストスパートぉっ、くうっ、飛んじゃうぅっ、凄いっ、凄いのぉっ！　どうか美穂マンコに子種をご馳走してくださいっ、いっぱい中だしお願いですっ！」

「その調子でもっと媚びろっ、甘えろっ、さあ出すぞっ、孕めっ、孕め美穂さんっ！」

「あぁんっ、くるぅっ、中だし体勢っ、キンタマ直送子種がぁっ、ひぃ、ひぃっ、子宮めがけてぇっ！　あぁぁっ、ご主人さまっ、チンポいいっ、出してっ、あぁっ、奥にぃっ、濃いのっ、たっぷりくださいっ、チンポ好き好き好きぃっ！」

半狂乱の美穂の子宮めがけて、蓮人が引き金を引く。

たちまち男根から吐き出された白濁液が胎内を蹂躙《じゅうりん》しだした。

「イッくううぅっ、あぁっ、くはあっ、ドピュドピュいっぱい奥にぃっ、熱いぃ、あっ、あぁっ！　おほぉおぉぉっ、美穂マンコイッてますっ、中だしアクメ中ですっ、あひぃ、潮吹きマンコぉおぉぉっ！」

「相変わらず派手で下品なアクメ吠えする牝だぜっ、それでこそ俺の美穂さんだっ！」

美穂の膣腔は犯せば犯すほど蠕動に磨きがかかってくる。

まさに肉便器になるために産まれてきた牝だと思わずにはいられない。

「はぁ、あぐぅ、ドロドロザー汁ぅ、染み込んできますぅ、美穂マンコの中がとっても幸せなのぉっ！　あぁんっ、ドピュドピュってまだ止まらないぃっ、チンポ凄すぎますぅ、あぁんっ、またイクううぅっ！」

「どう？　孕みそう？　経産婦ならではの経験則でわかるだろっ」

「ひぃ、くはぁっ、たっぷりザー汁で子宮がいっぱいになっちゃいますぅ、排卵してたら逃げられませぇんっ！　あはぁっ、イクっ、いっぱいイキまくっちゃううぅっ、あぁぁんっ、またまたチンポに完全屈服ぅううぅっ！」

美穂の全身がブルブルと震える。

結合部からあふれ出した精液も内股を伝ってトイレの床に小さな水たまりを作っていた。

「んはぁ、はぁ、あひぃっ、脳みそ灼きついちゃいますぅ、こ、壊れちゃううぅっ！」

「それが牝にはいいんだろうが。ますます俺のチンポから離れられなくなるな」

「お腹の中でザー汁がチャポチャポですぅ、あはぁ、イキすぎて、ち、力がぁ……っ」

「へへ、バイブと違ってイッた余韻が持続しまくりだな。特濃ザー汁の効能は牝の躾にもってこいだぜ」

これだから美穂への膣内射精はやめられない。

なんとも犯し甲斐のある牝だ。

美穂は官能に酔った嬌声をダダ漏れにしてしまう。

「はぁ、はぁ、チンポぉ……あぁん、頭の中がチンポでいっぱいぃ、チンポぉ、あぁん、チンポぉおぉんっ、熱くて気持ちいいのぉん♪」

「こりゃ当分、アクメトリップから戻ってきそうにねぇな」

で、だ。先ほどから蓮人は、美穂の下腹部が張り気味なことに気づいていた。

もしやと思い、そっと肉棒を引き抜くと……。

たちまち美穂の尿道口から勢いよく小水が噴き出した。

「あひぃいっ、ダメぇ、オシッコ漏れちゃうっ、止まらないぃ、でも気持ちいいぃっ！」

「やっぱ我慢してたか。へへ、体液ダダ漏れマンコと同じで尿道も緩みきってるんだな」

「あぁぁ、凄ぉい、チンポ凄くてなにがなんだかわからないけどぉ、とっても最高ぉっ！ああぁ、またイキそうぉっ、オシッコお漏らしアクメぇ、あぁ、い、イッくぅうっ！」

ジョボジョボと勢いよく排尿していた。

同時に充血しきったクリや秘裂を卑猥に痙攣させ続けている。

これからはこれが美穂の朝の日課になるのだと思うと、射精したての肉棒がまたしても青い血管を浮きだたせて獣欲をみなぎらせていた。

第四章 肛辱と牝豚

あれほど頑なだった美穂も、度重なる被虐感を煽る牝穴調教の前では心身ともに屈服せざるを得ない。

どれだけ貞淑な妻でいようとしても、肝心の肉体が意思を裏切ってしまうのだ。

今日も社内に最後まで残っていたのは蓮人と美穂のふたりだけだった。

「へへ、楽しい楽しい残業タイムセカンドシーズンの始まりだぜ」

「あぁ、ホント毎日飽きもせずによく……」

「当然じゃん。美穂さんだってちゃんと旦那さんに今日も遅くなるって伝えてるんだろ」

「それは、そうですけど……ご主人さまが素直に帰してくれるわけがありませんし……」

蓮人の性欲は底なしだった。

毎日のように軽く十数回は余裕で射精を繰り返す絶倫っぷりである。

そんな相手をしなければいけない美穂にしてみれば悪夢としか思えない。

「美穂さんはもう俺のチンポなしの生活じゃ物足りないクセによ。家に帰ったら旦那さんのチンポだけだしさ」

「さ、さすがにそこまで禁断症状みたいにはご主人さまに依存していませんっ」

「じゃあどこまで依存してんだよ。俺のチンポがあるから残業が楽しみなんだろ？」

「あぁ、虐めないで……も、もう自分でもわからないです……っ」

性欲処理のために弄《もてあそ》ばれるとわかっているはずなのに、拒絶感が薄れていく一方だ。

確かに今もなお胸を張って夫を愛しているといえる。

だが、蓮人に犯されるたびに味わう圧倒的な快感から逃れたいかと問われたら、なにもいえなくなってしまう。

「わからないなら仕方ないな。いつもどおりに身体に聞いてやろうじゃないの」

「うぅ、は、はい……お手柔らかにお願いします」

「またまた、激しく意地悪に責めてほしいってのが牝の本音だろうが。机に身体を預けて股をこっちに向けな。ちゃんと見てくださいとおねだりも忘れるなよ」

蓮人が命令すると、美穂は羞恥《しゅうち》に頬を染めつつも素直に従った。

尻たぶを両手で割開き、蓮人の目に肛門と秘裂を丸見えにする。

他人に女性器を観察されるのは、もちろん恥ずかしい。

それを踏まえた上でも、肛門は輪をかけて羞恥心を刺激される。

「こ、こうでしょうか？　どうか美穂の恥ずかしいところをじっくりご鑑賞くださいっ」

「思ったとおりだ。もうグッショリ濡れてんな。やっぱ期待してたんだろうが」

「ど、どうせ犯されることには変わりませんし、身体が最初から諦めているだけですっ」

「なにが諦めてるだ。チンポがほしいから濡れてるに決まってるだろ」

股間の粘膜は充血して赤みを強めている。

クリトリスは当然のように勃起して包皮の下から頭を出していた。

これまでなんども剛直を受け入れていた膣口はパックリと開いて、物欲しげに蠕動《ぜんどう》している膣壁まで露わになってしまっている。

「それは……た、単に生理的な反応です。仕方なく犯されてもイヤなものはイヤですし」

「おっと、そういや美穂さんは無理や

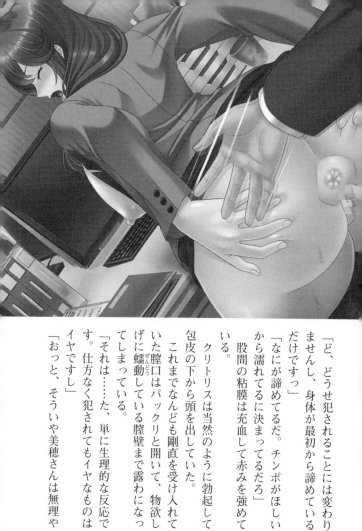

りじゃないと素直になれないんだっけ」

ニヤニヤしながら腕を振り上げると、素早く平手を尻に打ち込む。

パシンッ！

「あぁんっ！　痛いっ、ご主人さまぁ、乱暴はイヤぁぁっ！　ひぃっ、お尻ダメぇっ！」

「さあいえっ、牝穴がグチョグチョなのは旦那さんとは比べものにならない浮気チンポがほしいからだろっ！」

「んぎぃっ、酷いですっ、そんな無理やりっ、あぁっ、痛いっ、痛いぃぃっ！」

「美穂さんはこうやっていい訳を用意してやらないと素直になれないもんな」

恩着せがましい口調で尻ビンタを繰り返す。

パンッ！　パンッ！　パシンッ！

「あぁんっ、ひいぃ、わかりましたっ、いいますっ、お尻ビンタ止めてくださいぃっ！」

「正直になるほうが先だ。早くしないと、明日から椅子に座れなくなっちゃうぞ」

「くひぃっ、み、美穂のぉ、牝穴がグチョグチョなのはぁっ、あぁんっ！　ふはっ、夫とは比べものにならないご主人さまのたくましい浮気チンポがほしいからですぅっ！」

「牝穴に中だしされて種付けされるのが楽しみだから濡れてますとも白状しろっ」

肉厚の皮下脂肪が相手なので蓮人も気兼ねなく腕力を振るうことができた。

パシィンッ！

「あぁんっ、牝穴に中だしされて種付けされるのが楽しみだから濡れてますぅっ！」

まさに蓮人のいいなりだった。

自分より有能な女上司が惨めに屈服している姿には、たまらなく嗜虐欲《しぎゃくよく》を刺激される。

熟成された尻の叩き心地は作りたての鏡餅を思わせた。

まさに最高としか表現できない逸品で股間の愚息が痛いほどに勃起してしまう。

「あひっ、ちゃんといいましたっ、だからお尻許してぇっ、あひっ、ご主人さまぁっ！」

「まあそう焦るなって。チンポは逃げないんだしさ」

尻を叩くたびに膣口がエサをねだるようにパクパクするのがエロくて見飽きない。

キュッと窄まっている肛門もヒクつくのも面白かった。

「そういやさ、美穂さんってアナルは処女なの？」

「あぁっ、と、当然ですっ、お尻は変なことするところじゃありませんしっ！」

「ふ〜ん、当然なんだ。旦那さんも興味示さなかったのか。ふ〜ん、へ〜、ほほ〜」

「あぁんっ、それがなにか……っ、くはっ、んひぃっ、ま、まさかご主人さまっ」

蓮人は誰かに通報されてしまうかもしれない青姦でも気にしない変態だ。

自分の性欲処理こそ最優先で女体への思いやりというものもない。

しかも美穂への執着心は異常としかいいようがなく、ろくでもないことばかり考えつく。

「美穂さんは俺のモノ。俺のモノならアナルだって好きにしてもいいよな？」

「待ってっ、ご主人さまのは硬くて大きいからお尻の穴が壊れちゃいますぅっ！」

「ははは、さすがにいきなり突っ込んだりしないって。ちゃんとケツ穴が柔らかくなるまで揉みほぐしてからオナホにするからさ」

おびえるように肛門に緊張が走った。

もちろん蓮人は哀れに思ったりしない。

むしろ嗜虐心を刺激されて嬉々として肛門に狙いを定めると、さっそく手を伸ばす。

蓮人の指先が目の前の肛門を捉えた。

次の瞬間、美穂は仰け反って悲鳴をあげる。

「くひぃぃっ⁉　あぁん、ダメですご主人さまぁっ、そ、そこは汚いですぅっ！」

「美穂さんの身体で汚いトコなんてないさ。ぜぇんぶエロいトコばっかだぜっ」

「くうぅ、で、でもぉっ、ふあっ、んんぅ、ま、万が一のことがあったらっ」

「もしチンポ突っ込んで汚れたときは美穂さんにおしゃぶりで綺麗にしてもらおうな」

さらっと外道なことをのたまう。もちろん冗談の気配はない。

むしろ蓮人の性格ならアナルを犯したあとは必ずしゃぶらされると思って間違いない。

「くうぅ、ひ、酷すぎますぅっ、あぁん、ダメぇ、お尻の穴にそんな、あっ、あぁっ！」

「美穂さんが怪我しないようにしっかり揉みほぐしてやるぜ」

すぐに立派なオナホにしてやるからなと、肛門の皺を一本ずつ丁寧になぞるようにしな

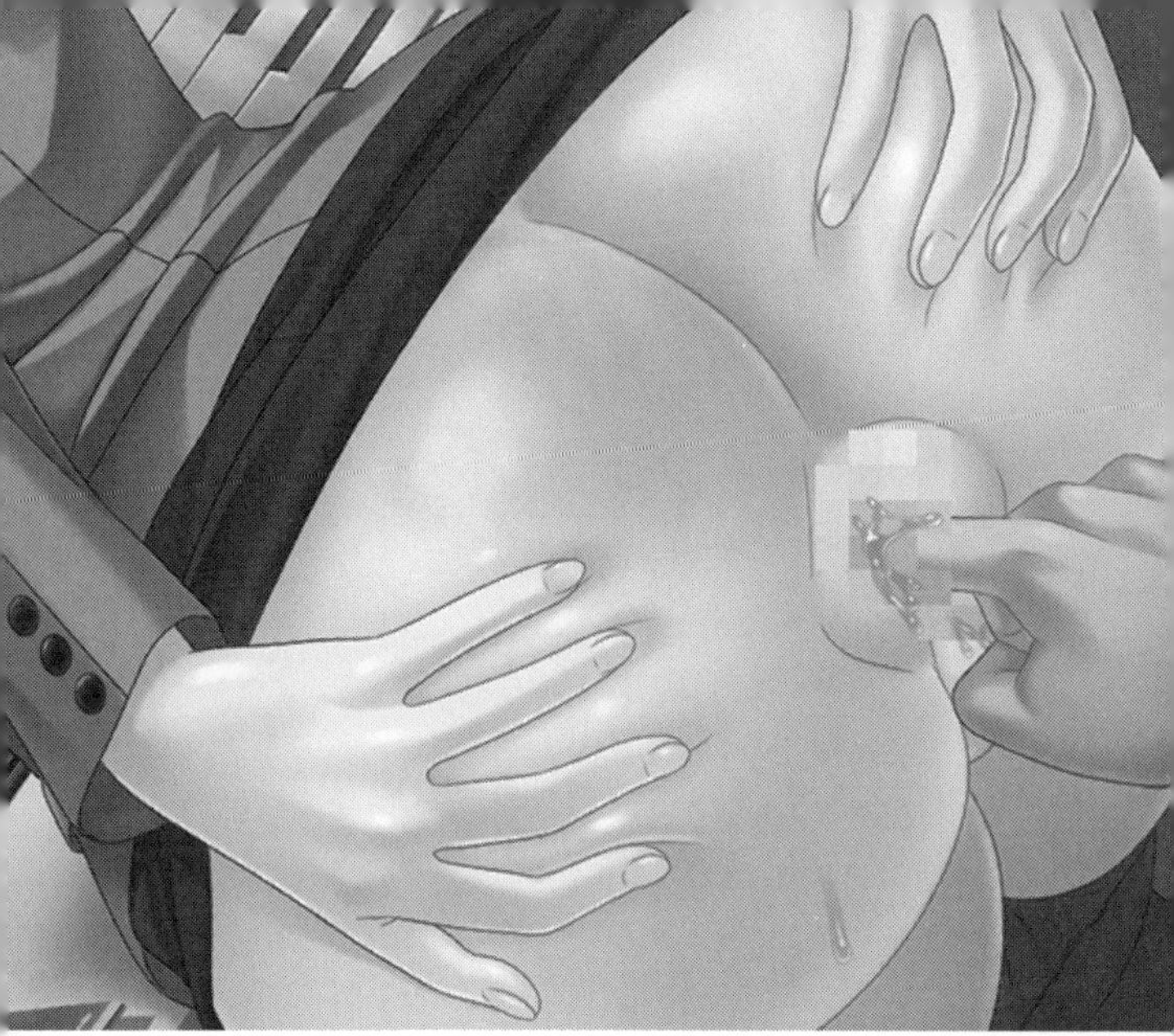

がら、何度もマッサージを繰り返す。

　いくら羞恥に震えていても、所詮は淫蕩な牝の身体だ。

　初々しい肛穴だったが、すぐにふっくらと柔らかくなってくる。

「あぁんっ、も、もうそれ以上はっ、ふあっ、くうぅ、お、お尻の穴が変になっちゃうぅぅっ！」

「今までにない新感覚だろ。だって美味そうに指を呑み込んでるぜ」

「ひっ、ひぃっ、か、かき回しちゃイヤですぅっ、あぁっ、指ダメぇっ、拡がっちゃうぅぅっ！」

「いや拡げようとしてるんだってば。この程度じゃまだ俺のチンポは呑み込めないぜ」

　まずは一本。

人差し指が第二関節まで意外とあっさり挿入できた。

直腸内はかなり熱を帯びていた。

膣腔に負けず劣らず肉棒と相性が良さそうだ。

「無理にお尻に挿れなくていいですよねっ、前にっ、美穂マンコをお使いくださいっ！」

「もちろん孕ますのも大事だから牝穴も使い続けるけどさ、今は後ろって気分なんだ」

「そんなぁ、やっぱりダメです、お尻はそんなことをするための穴じゃないですぅっ！」

「へへ、じゃあどんなことをするための穴なんだよ。ハッキリと俺に教えてほしいぜ」

スルッと二本目も肛内に入った。

軽く力を入れて指と指を離して肛門を拡げにかかる。

すると柔軟な括約筋がゴムのような感触で抵抗してくる。

「ふぅ、ふぅ、んぐうぅ、そ、それはもちろん……っ、あぁ、ウンチを……っ」

「美穂さんみたいな巨乳美人でも毎日臭いものヒリだしてる穴をあえてオナホにするから興奮するんだろうが」

「ひぃ、ご主人さまは変態ですぅ、あぁん、許してぇっ、指を抜いてくださいぃっ！」

「モノの数分で、もうプニプニしたグミみたいに柔らかくなってきてるんだけど？」

美穂の順応性には舌を巻く思いだった。

ここに肉棒を挿入したらどれだけ気持ちのいい思いができるのか。

そう想像するだけで、早くも我慢汁が止まらなくなる。

「あぁん、う、ウソですぅ、お尻の穴がそんな簡単に……あひっ、あぁぁっ！」

「これやっぱ美穂さんには肉便器の才能があるってことだろ。ケツ穴もチンポをほしがってる証拠だぜ」

「ふぁ、はぁ、そんなぁっ、うぅぅ、怖いですぅ、前でもあんなにつらかったのにっ！」

「そんときゃまたバイブ生活で慣らしゃいいだろ。もう指が三本も入るようになったぞ」

ドリルのようにひねりを加えながらゆっくり抜き差しする。

美穂にはまるで苦しげな気配は見えなかった。

少し小ぶりなバイブだったら余裕で入りそうだ。

「くひぃ、もうそんなにっ、お尻が取り返しの付かないことになっちゃいますぅっ！」

「さっきから満更でもなさそうな喘ぎ声が漏れてるぞ。実は楽しみだったりしない？」

「くぅっ、楽しみだなんてっ、あぁん、ありえませんっ、ひぃ、ダメぇっ！」

「牝が強がっても無駄だぜ。すぐにチンポなしじゃいられないケツ穴にしてやるからよ」

蓮人の鼻息が荒い。

初物を自分のモノにするとなるとやはり格別の思いがある。

しかも本来は排泄用の器官をあえて性欲処理用の穴へと調教するのだからなおさらだ。

「あぁん、許してご主人さまぁっ、くぅぅ、ど、どうかお慈悲をぉっ！」

「ダ～メっ、そろそろ頃合いかな。処女アナルを美味しくいただかせてもらうぜっ」

興奮しすぎて今にも肉棒がはち切れそうだ。

しっかりほぐれた肛門に亀頭をあてがうと、括約筋が小さくヒクついた。

反応の良さに期待感を抱きながら、ゆっくりと体重をかけていく。

「んあぁあぁあっ！　太くて硬くて大きいのがぁっ、ひぃっ、ふおぉおぉおっ！」

「おおぉっ、ずっぽり半分も入ったぜっ、へへっ、しっかり全部呑み込みなよっ」

「くひぃいっ、ふ、深いですぅっ、もう入りませんっ、あぁんっ、チンポダメぇえっ！」

問答無用でグイグイ腰を押しつけていくと、肉棒の先端になにかが引っかかった。

一瞬だけ大便かと思った。

しかし、その割には普通に柔軟性のある弾力を感じる。

「よし、ちょいと強引にこじ開けてみるかっ」

「ひぃ、乱暴は許してっ、お尻が壊れちゃいますっ、どうかチンポ許してっ」

「人妻の身体なら余裕だろ。まして美穂さんは天賦の才を持った肉便器だろうが」

抗議の声は逆に蓮人の興奮を煽るだけだ。

嗜虐欲で肉棒がますます硬く太くなり、無慈悲なボーリングマシーンと化す。

「オラッ、ご主人さまのチンポを呑み込めないで牝奴隷が務まると思ってんのかっ」

「くうぅっ、グリグリきてるっ、ダメぇ、これ以上はっ、な、なにか凄いことにっ！」

「よし、もうちょっとで付け根まで入るぞっ、これでケツ穴も完全屈服だっ」

「ダメっ、ご主人さまっ、くおぉぉっ、チンポがっ、奥にぃ、きひぃぃぃぃっ！」

ズンッと深い一撃で限界を突破してやった。

美穂は背筋をのけぞらせて奇声をあげる。

肉棒がこじ開けたのは結腸のくびれだった。

途端に肛穴も意思を持った謎の生物のような卑猥な収縮を繰り返しだす。

「お～、スゲェ締め付けだぜっ、入り口と奥の二段締めってのがいかにもオナホだなっ」

「はぁ、はぁっ、う、動かないでぇっ、今脳みそが痺れるくらい凄い衝撃がぁっ」

「それって奥のくびれを突破したときだろ。美穂さんのケツ穴の弱点が判明したな」

「ふぐぅっ、ご主人さまぁ、これダメですぅ、お尻は禁止事項にするべきですぅっ！」

秘窟を貫かれたときの意識が飛びそうになる快感とはまるで違う感触を味わっていた。

肛門を開きっぱなしにされた上で閉じられないように太い栓をされていると、とても落ち着かない気分になる。

「挿れただけでここまで反応がいいなら、しっかり仕込んだら病みつきってことだろ？」

「ひぃ、許してくださいっ、怖いですっ、自分が自分でなくなっちゃうようなっ！」

「大丈夫。美穂さんはどこまでいっても淫乱マゾの肉便器だ。俺が大事に使ってやるよ」

なんどか腰を揺すって結合部の具合を確かめてみた。

特に肛門が裂けそうな気配はないようだ。

あとは、思う存分に抽挿を楽しむことにする。

腸管がコンドームのように密着しているので、まさにオナホ顔負けの一体感だ。

「くひぃいぃっ!? んほぉおぉっ、ダメぇっ、くはっ、お尻が裏返っちゃうぅっ！」

「ケツ穴がスゲェ拡がって皺もなくなってるぜ。相変わらず美味そうに咥えてるぞっ」

「あぐぅ、こ、これはぁっ、おぉっ、チンポっ、奥でギュポギュポっててっ、んはぁっ！」

「お、お、お、いい感じに吸い付いてくるっ、さすが美穂さんっ、ケツ穴も一級品だっ」

「ふぐぅ、おかしくなっちゃうっ、深いところまでチンポがっ、チンポがぁあぁあっ！」

肛門を深々と貫かれながら腸管を犯される未知の感覚に身もだえしていた。

大きな尻にビッショリと汗が浮かんでいる。

まるで苦痛に苛まれているかのようだ。

もっとも、無防備な割れ目からは濃厚な愛液が糸を引いて滴り落ちていた。

「へへ、ケツ穴をオナホに使われるのって、どんな感じなの？」

「くはっ、チンポが大きすぎて今にもお尻がはち切れそうで怖いですぅっ。それにお尻が閉じられないのはとっても不安でっ、ずっとお漏らししてるみたいで恥ずかしくてっ」

だが、亀頭が結腸を通過して段差の大きいカリ首が腸のくびれに引っかかるたびに、脳みそに雷が落ちたようなショックを受けていた。

美穂の反応から背徳的な快感を覚えていると悟った蓮人はニヤリと笑う。

「つまり、ド変態マゾには最高にスリリングで気持ちいいってことだな！」

「あひぃっ、激しくしちゃイヤぁっ、おかしくなっちゃうっ、許してっ、お尻がっ、美穂のお尻がぁっ！」

「いいんだよ、おかしくなって。ただのアナルが俺専用オナホに生まれ変わるんだ。だからほら美穂さん、人妻処女アナルを肉便器にふさわしいケツマンコオナホにチンポ調教してくださいって俺におねだりしてもらおうか」

美穂を意のままに操るのはすっかりお手の物だ。

さっそく判明した腸管の牝弱点をこれでもかと肉棒で執拗に突いてこね回してやる。

「ふおぉおぉっ、み、美穂の人妻処女アナルをぉっ、くあっ、んぎぃ、に、肉便器にふさわしいぃっ！　ケツマンコっ、んぐぅ、ケツマンコオナホにぃ、チンポっ、チンポぉおぉ、調教してくださいぃっ！」

「いいぞっ、ケツ穴の反応が一段とイヤらしくなってきたよっ、その調子で牝の本音を叫び続けろっ！」

「あひっ、本音なんてっ、ただチンポに逆らえないだけで、あぁん、チンポぉおぉっ！」

肛門が裂けてしまいそうな苦痛を美穂が味わっていたのはほんの最初のうちだけだった。

今は自分でも恐ろしくなるほど違和感がない。

細かいヒダが密集している膣壁とは違い、腸管の粘膜はとてもなめらかだ。

同じ粘膜の肉穴でもまるで別の味わいを持っている。

蓮人はすっかり美穂の肛門が気に入っていた。

「そうだチンポだっ、こいつが美穂さんが望んでいるものだって身体で自覚しろっ」

「ひぃ、激しいぃっ、ズボズボチンポっ、処女アナルが熱くなっちゃうぅっ！」

後ろの初体験ということで未知の妖しい感覚に強い戸惑いを感じているようだ。

しかし肛門の反応から肉体のほうは牝の卑しい悦楽を覚えているのはバレバレだ。

欲情している証の母乳の噴出も止まらない。

美穂の身体はアナルセックスにすっかり馴染んでいる。

「射精させたらもう立派なオナホだっ、このまま射精してやるから中出し乞いをしろっ」

「くひぃっ、どうか美穂のケツマンコでぇ、ザー汁たっぷり吐き出してくださいぃっ！　あぁっ、ウソ、チンポがビクビクってっ、ホントに中出ししそうになってますぅっ！」

「驚くことか？　だって美穂さんのケツ穴だもん。最初からたまらなくエロいってのっ」

「ふはぁっ、美穂のお尻がぁっ、おかしくなるぅっ、ケツマンコにされちゃうぅっ！」

強制的に排泄させられてるような気色悪い感覚はもうなくなっていた。

こんなものは日常生活を送っていたら決して経験することはなかっただろう。

肛門から異物が侵入してくる不快感は悲鳴ものだ。

だがそれがマゾ性によってゾクゾクするような多幸感へと変換されてしまう。

「旦那さんも自分の嫁さんがケツ穴で喘ぐイヤらしい牝豚だったなんて夢にも思ってないだろうな」

「もうこれからは勤務中だろうがケツ穴でザー汁絞りしたこと忘れられなくなるぜ」

「今は夫のことは……っ、あぁん、で、でも、お尻がどんどんケツマンコにっ！」

美穂の肛腔は完全に男根の味を覚えてしまった。

もはや自分の肛門は牝の快楽を貪るための淫穴なのだと身体が認識している。

「トイレで太いのヒリ出すたびに俺のチンポを思いだして発情する身体にもなるぜ」

「あぁっ、もう感覚がお尻じゃなくなってますぅ、イヤぁ、チンポと蕩けあっちゃうっ！このままアナル射精されたら、あぁんっ、取り返しが付きませんっ、あぁんっ！」

「これでケツ穴も俺のモノだっ、たっぷりザー汁を味わってケツマンコオナホになれ！」

「ひぃっ、くるぅっ、激しいっ、中出しカウントダウンっ、あぁっ、チンポがぁっ！」

すっかりおなじみとなった肉棒の脈動が肛門粘膜を刺激する。

いよいよ決定的に穢されてしまうのかと思うと、恥ずかしいほどに昂ぶってしまう。

蓮人も憧れの女性へのアナル射精は種付け目的とはまた別の興奮を覚えていた。

睾丸がせり上がり、尿道に熱い粘塊が一気に押し寄せて人妻の肛腔にぶちまけられる。

「あぁぁっ、イクイクイクうぅぅっ、ふほぉぉおぉんっ、弾けるぅ、美穂のケツ穴中出しアクメぇえぇっ！　中出しチンポっ、凄いぃっ、奥までザー汁流れ込んでくるぅっ！」

「マジかよっ、ケツ穴でもチンポ扱きしてくるぞっ、さすが美穂さんっ、超最高っ！」

「あぁんっ、ケツ穴なのにっ、またイクぅっ、ドロドロザー汁とっても効くのぉおっ！　ケツマンコにどんどんザー汁たまってくるぅ、あぁぁんっ、お腹が膨らむぅっ！」

「これで美穂さんはアナルアクメの味を覚えちまったな。これからは勃起チンポ見ただけで牝穴とケツ穴が発情するぜ」

　ここでも蓮人の勝利宣言だった。

　美穂は反論できない。生まれて初めてのアナルアクメに陶然としてしまう。

「くうぅ、んはっ、ダメなのに蕩けちゃうぅ、ち、チンポにケツ穴も屈服しちゃうぅっ」

「ま、最初から勝ち確だったわ。美穂さん淫乱マゾだし。チンポ大好きすぎるしな」

　しかし、まだ気を抜かない。

　ダメ押しとばかり、腸内での放尿を試みる。

　これまで膣内放尿でなんども汚辱の快楽を味わっていた美穂だ。

　牝の肉穴に貴賤はないらしく、またしても敏感に反応してしまう。

「あぁぁあぁっ⁉　いきなりそんなっ、オシッコ浣腸なんてっ、あひっ、くひぃぃっ！　ダメぇ、またイッちゃうぅっ、牡のオシッコに弱いの知ってるくせにっ、あぁぁっ！」

「ションベンはマーキングの基本だ。しっかり中からも俺の匂いを染み付けてやるぜっ」

「くぐうぅ、おおぉぉ……っ、ふ、膨らむぅ、お腹がパンパンになっちゃううぅ……っ！」

「じっくり楽しんでくれ。牝穴とはまた違う味わいがあると思うからさ」

同じ粘膜でも膣腔より直腸のほうが吸収効率がいい。

たちまち腸管に充満した精液と小水が美穂の心と身体を狂わせていく。

「んんんぅ、ザー汁と混ざりあってっ、あふぅ、ダメぇ、クラクラしてきちゃううっ！」

「さっそく気に入ってくれたようだな。いいか、勝手にこぼすんじゃねぇぞ」

そっと肉棒を引き抜いて、美穂の反応を伺う。

慌てるように窄まった肛門は苦しげに痙攣《けいれん》しており、今にも決壊してしまいそうだ。

「ふぐぅ、ううぅ、あ、あ、そんな栓がないとっ」

「イッたばかりじゃ力が入らないもんな。さって、どれだけ保つやら」

「はふぅ、んんんぅ、お、お願いですぅ、おトイレの許可をぉっ」

「さって、どうしよっかな～」

もちろん許可を出す気はさらさらない。

さっと腕を振り上げ、不意打ちで鋭い尻ビンタをたたき込む。

ショックでたちまち肛門から勢いよく内容物が噴き出しだ。

絶頂したばかりの肛門粘膜への刺激は抵抗する余地がない。

美穂はまたしても背徳の悦楽に達してしまう。

「んひぃいいいぃいっ⁉　おほぉおおぉおっ、イクイクイクうううぅうっ！」

「ははは、ケツ穴で下品な噴水芸もできるなんて、さすが牝奴隷は違うなっ」

「あぁあんっ、止まらないのぉっ、でもイクっ、イッちゃうのぉおおっ、ひぃっ！　ドロドロザー汁とオシッコがケツマンコを刺激してっ、はぁ、あはぁんっ！」

「やっぱり、ちゃっかり感じてるじゃねぇの。だらしない顔になってるぞ」

「くうぅ、見ちゃイヤぁっ、恥ずかしいぃっ、ケツ穴お漏らし止まりませぇぇえんっ！」

いくら美穂が艶めかしい悲鳴をあげても、汚水を噴出する肛門は派手に痙攣を繰り返して、強制的な絶頂を繰り返してしまう。

あまりに惨めで屈辱的な肛門アクメだ。

しかし、美穂の表情はごく当たり前のように牝の蕩け顔になっていた。

美穂の肉体はすっかり肉便器として堕ちきっていた。

蓮人の性欲処理に使われるたびに淫らな悦びを覚えていく。

その感度も日々高まっていく一方だ。

一応は羞恥心や抵抗感は残っているようだった。

もっとも、今の美穂にはもはや辱めはただのご褒美にしかならない。

いつもの残業タイムでほかの従業員が帰った途端、蓮人はリミッターを解除する。

「美ぃ～穂さん！　やっとふたりきりになれたねっ！」

強引に抱きしめ、その豊満な身体をまさぐった。

美穂は軽く身じろぎするだけで逃げようとしない。

多少は困った顔になるが、その瞳には諦観の色が浮かんでいた。

「ううぅ、ご主人さま……な、なんか今日はみょうにテンションが高くないですか？」

「そりゃ愛と欲望のなせる技さ。この昂ぶる想いとチンポは誰にも止められないぜ！」

「……それはいつものことじゃないですか？」

「へへ、今日はプレゼントがあるんだ。いつもよりもっと恥ずかしい思いができるぜ」

またろくでもないことを思いついたらしい。

普段の仕事に対するやる気のない姿勢はなんなのかと問いつめやりたいほど、美穂を嬲《なぶ》るためのアイディアだけは次から次へと提唱してくるのだ。

「欲望のはけ口にされるだけでもつらいのにさらに辱められるなんて最悪ですっ」

「素直じゃないな。なにが最悪だ。だったら今すぐ服を脱げ。全裸の痴女妻になるんだ」

蓮人が命令すると美穂は気まずそうにうつむいた。

露骨に目をそらしている。

しかし、支配者に逆らうだけ無駄だと身体に覚えさせていた。

だから表情とは裏腹に美穂は大人しく服を脱いでいく。

「こ、これでよろしいでしょうか？」

「自分の股ぐらがどうなってるのか説明してみろ。ほら早くしてっ」

「それは……あぁ、し、しっかり濡れています……」

「ちゃんと牝奴隷らしいいい方しないとダメだろっ、ほらほらやり直しっ」

「うぅ、ち、チンポ大好き美穂マンコは、ぐしょ濡れ発情モードになってますぅっ！」

その言葉を証明するように、彼女の股間からはムッとするような発情したフェロモンがこれでもかとあふれ出している。

淫蕩な辱めを期待する粘液も糸を引いてしたたり落ちていた。

「ほ～ら見ろっ、ほ～ら見ろっ、今回も俺の勝ちだな」

「あぁ、い、虐めないでください、ご主人さまぁっ」

「おう、任せろ。ほかならぬ大切な美穂さんのためだ。たっぷりネチネチ虐めて今日もしっかりマゾ鳴きさせてやるからな！」

蓮人はウキウキしながら、あらかじめ用意していたプレゼントを手渡した。

それは豚耳と一体になったアイマスクと豚尻尾付きのアナルプラグだ。

女性の顔面を侮辱するための鼻フックも当然のようにそろえられている。

美穂は全裸に牝豚のコスプレを施されてしまった。

そのまま四つん這いになって歩き出す。

重力に引かれて垂れ下がった巨乳が一歩ごとに大きく揺れてしまう。

「ふぅ、ううぅ、ぶ、ブヒィっ、はぁ、はぁ、ブゥ、ブゥ、ブヒィっ」

「照れが残ってる。今の美穂さんは卑しい牝豚なんだからもっと人間性を手放さないと」

「は、はいぃ、ブヒブヒぃっ、うぅ、オフィスでこんな格好までさせられるなんてっ」

「帰った連中の誰かが戻ってこないかな。牝豚になった美穂さんの姿見たら絶対驚くぜ」

美穂のすぐそばを歩きながら、煽るようにペチペチと尻を叩いてやる。

アイマスクで視界を塞がれている美穂にしてみれば、気が気ではない。

「怖いことといわないでくださいっ、ご主人さま以外の人に見つかったら身の破滅ですっ」

「目隠ししてる美穂さんじゃ、誰かに見られていたとしても気づけないもんな」

「あぁ、不安で不安でおかしくなりそう、ブヒぃ、ブヒぃっ！」

「しっかり社内一周させてやるからな。せいぜい誰も居残りがいないことを祈ってろよ」

しれっと無責任極まりないことを口にした。

万が一、本当に美穂の痴態を社内の人間に見つかったとしても蓮人はかまわなかった。

そのときはここぞとばかり美穂は自分の肉便器なのだと自慢してやるつもりだ。

たまらないのは美穂だ。

大人しく蓮人の慰み者になっているのは、惨めな境遇を周囲に知られたくないからであり、決して自らが望んだものではない。

「え、ご、ご主人さまがみんな帰ったのを確認してくれたんじゃないんですか……？」

「俺がするわけないだろ。やっぱ露出プレイには多少のスリルが必要だろ」

「あぁ、そんなっ、もし見つかったら懲戒免職間違いなしですっ」

「そんときゃ俺が責任もって面倒見てやるさ。それよりほら、もっとしっかり歩けよ」

豊満な女体は四つん這いで歩くだけでも艶めかしい。

それが牝豚の姿にされてしまった人妻となればそこに存在するだけで勃起モノだ。

「うぅ、でもその、お尻をプリプリふって歩くと、アナルプラグが擦れてっ」

「なんか問題あるのか？」

「ブヒィっ、み、美穂のお尻……ケツ穴はご主人さまにイヤらしく調教されてしまったからあんまり刺激されると、ブヒィ、とっても切なくなっちゃうんですぅっ」

「へへ、ほしくなったらべつに我慢しないで素直にチンポをねだればいいだろ。大事な美穂さんの頼みならすぐにＯＫだぜ」

秘裂からあふれ続ける愛液を見れば、美穂の身体はとっくに牝の欲望に屈している。

ここで肉棒をぶち込んでやったら、それこそ歓喜の嬌声を響かせるに違いない。

本人もそれがわかっているだけに、おいそれと淫らな懇願をするわけにいかなかった。

「命令されたら逆らえませんけど、じ、自分からおねだりするなんてありえませんっ」

「素直じゃない美穂さんは命令されるの大好きだもんな」

なんだかんだで美穂が社内散歩の羞恥責めで興奮しているのは明白だ。

乳房の張り具合と露骨な乳首やクリの勃起も卑しいマゾ性癖を証明している。

「んじゃそろそろマーキングといくか。美穂さん、片足あげて」

「は、はい……っ」

いわれるまま素直に大きく股を開くように足を上げた。

それでなくても露出していた股間がパックリと開き、桜色の尿道口まで丸見えになる。

「こうですか？　あの、マーキングってもしかして……」

「察しのとおりだ。人間失格の牝奴隷ならべつにトイレを使う必要なんてないだろ」

「あぁ、やっぱり……ここでオシッコなんて、確かに人間のすることじゃありませんっ」

「どうだ、めっちゃ興奮するだろ。自分がなにをするのかいってみろ」

美穂に客観的な視点を意識させてやると被虐の熱が一気に昂ぶる。

そして美穂は墓穴を掘るだけだとわかっていても蓮人の命令には逆らえない。

「くぅ、美穂はスッポンポンの目隠し鼻フックに豚尻尾アナルプラグを装着した姿でオシッコポーズしてますぅっ、はぁ、はぁ、ご主人さまからは、美穂の恥ずかしい発情マンコやオシッコの穴まで丸見えブヒィっ！」

「自分がどれだけ惨めな姿なのかイメージしながら垂れ流すんだぞ。さあ、やれっ」

「あぁん、そんな命令された美穂の身体はっ、ダメぇ、オシッコの穴緩んじゃうぅ！」

ジョロロロッとかなり強めの放物線を描きながら排尿が始まった。

どうやらかなり膀胱にたまっていたらしい。

トイレ以外での排泄は倫理観がしっかりしている人ほど人間性の否定に繋がる。

タブーを犯しているのだと思えば思うほど背徳感が強まる。

「あぁん、見ちゃイヤぁっ、オシッコ出てるぅ、いっぱい垂れ流しちゃいますぅっ！」

ものの話によると、女性の泌尿器は構造上の問題で排尿の中断が極めて難しいらしい。

つまり、今の美穂はまたとない辱めチャンスなのだ。

蓮人はわざと素っ頓狂な声をあげた。

「あれ、マジで誰か戻ってきたかも？」

「ひぃっ⁉　ウソですよねっ、冗談ですよね⁉」

「あ～、警備員が巡回する時間なのか。こりゃもう諦めて牝豚マーキング見てもらおう」

「くうぅぅ、ダメぇ、オシッコ止められないぃ、ブヒィっ、見ないでっ、ブヒィっ！」

ビクッビクッと放尿中の下半身に痙攣が走った。

空中に弧を描いている小水も派手に周囲に飛び散る。

「おいおい、お漏らしアクメなんて悦びすぎだろ。そんな見られるのが気に入ったのか」

「ブヒィっ、違いますぅ、あぁん、尿道が痺れて頭が真っ白にぃっ、許してぇ、見ないでくださいブヒィっ！」

「ありゃ、向こうに行っちゃったな。こっちに気づかなかったのかも」

もちろん、最初からそんな人影なんてものはない。

だが目隠し状態の美穂は目に見えて安堵していた。

「はぁ、はぁ、あふぅ、い、生きた心地がしませんでしたっ」

「ちゃっかりイキまくっといて、なにいってんだか」

「す、好きでイッてるわけじゃ……ビックリして身体が混乱しちゃったからですっ」

「ただのド変態マゾ反応だろうが。ホントは見つからなくてガッカリだったんだろ?」

美穂の淫蕩な性癖を見いだした張本人だけあって、牝が理性で覆い隠そうとする無意識の本音を着実に把握していた。

下世話な指摘に反発しつつも、美穂の子宮は蕩けるような媚熱を訴え続けている。

「いくらなんでも社会的に身の破滅になると知っててそれを望むなんて……」

「じゃあ牝の本音を暴露させてやるよ」

不意打ちで肉棒を深々と膣穴にねじり込んでやる。

すっかり荒々しい凌辱の虜になってしまった秘窟には待ち望んでいたご褒美だ。

「あああぁっ⁉　チンポぉっ、子宮に直撃ぃっ、あぁ、ゴリゴリチンポぉおぉっ!」

「ははは、そんな大声で喘いだら、警備員が気づいて戻ってくるんじゃないのか?」

「くぐぅっ、んんぅっ、んはぁっ、ダメぇっ、チンポ凄すぎて声が出ちゃうブヒィっ!」

「このうれしそうに吸い付いてくる牝穴じゃそんなおしとやかなマネ不可能だもんな」

男を射精させようとしているのが露骨に伝わってくる蠕動に口角がつり上がる。

まったくもって可愛くてしかたがない。

牡なら全力で孕ませてやりたくなって当然だ。

「許してご主人さまぁっ、見つかっちゃうブヒィっ、もっとチンポ優しくぅっ！」

「心にもないこといってんじゃねぇぞっ、こいつのどこが優しくしてほしいだ？」

勢いをつけて腰を打ち付けてやった。

乳房も縦に大きく弾んで母乳が大量にまき散らされる。

亀頭にコリコリした子宮口が擦れる。

美穂はケダモノめいた下品な咆吼を抑えきれない。

「ダメブヒぃっ、おおうっ、くぐぅ、チンポダメぇっ、あぁん、人が来ちゃいますぅ！」

「諦めて自己紹介の練習してたほうがいいかもよ。私は牝豚の美穂ですってさ」

「あひぃっ、チンポぉおぉんっ、わ、私はぁ、牝豚ブヒィ、牝豚の美穂ブヒィっ！」

「やっぱ効果てきめんだなっ、その調子だっ、めっちゃ下品なエロ豚になってるぞっ」

わざわざ卑猥なコスプレをさせた甲斐があるというものだ。

豚尻尾のゴツゴツしたプラグが薄い粘膜越しに肉棒でも感じられる。

それは同時に美穂にしても膣腔を責められながら腸管でも淫らな悦びを感じてしまうと

いうことだ。

「狡いですっ、チンポで命令されたら逆らえないのにっ、許してご主人さまぁっ！」

「ダメだっ、浮気マンコでザー汁処理が得意な牝豚美穂をしっかり見てくださいってお願いしてみろっ」

「う、浮気マンコでぇ、ザー汁処理が得意なぁ、牝豚美穂をしっかり見てくださいぃ！」

「夫よりも硬くて太くて大きなチンポに毎日中出し乞いをしてますって自己紹介もだっ」

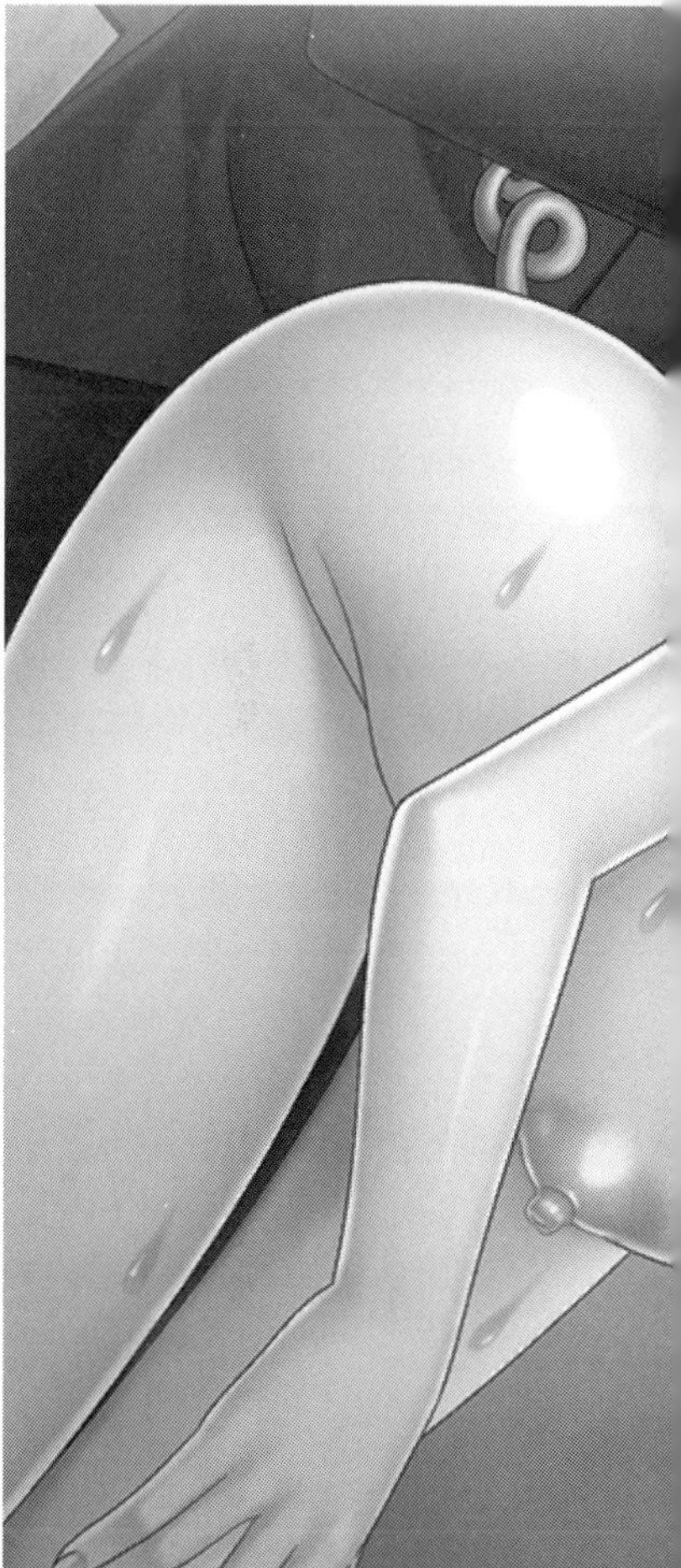

「はぁ、あひっ、夫よりも太くて大きなぁっ、チンポに毎日中出し乞いしてますぅっ！」

反射的に命じられるまま叫んでしまう。

どれだけ恥辱を覚えても牝の条件反射と化すまで躾《しつ》けられてしまったからだ。

「許してくださいぃ、もういわせないでぇっ、あぁっ、チンポがっ、チンポがぁっ！」

「だんだんチンポのことしか考えられなくなってきたんだろ。わかるぜ、だって美穂さんのことだからなっ」

「ひぃ、こんなのダメぇっ、見つかったら終わっちゃうぅ、離婚されちゃいますぅっ！」

夫に愛想を尽かされるのはもちろん恐ろしい。

可愛い我が子と離ればなれになるのも耐えられない。

どれだけ恥知らずな牝の欲望に肉体を支配されても、母性本能は健在だ。

もっともそうしたごく当たり前の我が子に対する愛情すら被虐欲を刺激するエサになってしまうのだからマゾ牝は度しがたいともいえる。

「なんの問題もないだろ。美穂さんは俺のモノなんだし。逆に美穂さんのほうからガッカリチンポを見限ってやったらどうだ？」

「見限るなんてありえませんっ、今だって夫のことは心から愛してますぅっ！」

「んじゃ心から大好きなモノを大きな声でいってみなっ！」

このまま中出ししてやるべく、抽挿の勢いをさらに激しくしてやる。

次々と分泌される愛液は白く泡立ち、卑猥な水音を大きく響かせた。

「あぁんっ、チンポぉっ、凄いのっ、美穂はカリ高勃起チンポが大好きですブヒィっ！」

「この牝穴とケツ穴は誰のオナホなんだ？」

「ふあっ、んひぃっ、ご主人さまのモノですぅっ、あぁん、響くブゥっ、おかしくなっちゃうぅブヒィっ！　あぁんっ、美穂の牝穴とケツ穴はぁ、ご主人さまのチンポサイズに完全調教済みの専用オナホですぅっ！」

叫べば叫ぶほどたまらない快感が全身を駆け巡った。

日中は業務に勤しんでいるオフィスで全裸に牝豚のコスプレをしているだけでも恥辱の極みなのだ。

目隠しで視界を塞がれていてはとても理性を保っていられるわけがない。

「ははは、締め付けてくるなぁ！　子宮も下がりきって孕み乞いしてるぞっ！」

「あぁっ、激しぃっ、ズボズボチンポぉっ、あぁんっ、奥が熱いぃ、痺れてるブヒィっ、んおぉおぉおっ！　くるぅっ、ひっ、ひぃっ、チンポっ、特濃ザー汁吐き出そうとしてますっ、美穂マンコは肉便器ブヒィっ！」

「大好きなチンポに孕ませてもらえるなんて、美穂さんは幸せな牝奴隷だなっ」

「イキそうぅっ、我慢できませんっ、子宮めがけて子種ぶちまけてブヒぃっ！」

意識が真っ白に灼きつくされそうな絶頂感を求めずにはいられない。

例えそれが妊娠を引き換えにした夫への裏切りだとしてもだ。

「ちゃんとおねだりできた牝には焦らしたりしないぜ。孕めっ、孕めぇぇっ！」

「あぁっ、凄いのチンポっ、ブヒィっ、イキますっ、美穂マンコオナホにされて中だしアクメしますぅぅっ！　くひぃいいぃっ、イクイクイクうぅぅっ、おおぉおぉっ、弾けてるブヒィっ、どぴゅどぴゅチンポぉん！」

無数の子種が子宮内に殺到する感覚で背徳の絶頂に達してしまった。

肉棒が射精の脈動を繰り返すたびに、美穂も全身を派手に痙攣させる。

「飛んじゃうブヒィっ、頭真っ白おぉっ、イクぅ、美穂マンコまたイクううぅっ！」

「牝豚らしい種付けは最高だろっ、味わえっ、美穂さんがしっかり孕むようになっ！」

「おおぉおぉっ、ドロドロザー汁感じますぅ、あひいぃっ、奥にいっぱい染み込んでくるブヒィっ！　あぁん、美穂マンコまたご主人さまチンポに屈服ですブヒィっ、イキまくりマンコ止まらないブヒィっ！」

狂ったような嬌声がオフィスに響き渡る。

もっとも今の美穂にはひたすら絶頂感しかない。

自分が社会人として致命的な状況にあることすら認識できなくなっている。

「子宮口まで吸い付いてくるぜっ、そんなにほしいのかっ、だったらくれてやるぜっ！」

「んひぃっ、おほおぉおおぉっ、ドピュドピュザー汁ぅっ、いっぱい子種がっ、あひっ、チンポぉおんっ！」

やがて糸が切れたようにガックリと弛緩する。

大きな呼吸を繰り返し、秘窟では不規則で細かい痙攣が止まらない。

「はぁ、あぁぁっ、子宮痺れて頭の中まで真っ白ぉぉっ、なにも考えられませぇん！」

「牝豚なんだからそれでいいんだぜ。思う存分に大好きなチンポを味わえて幸せだろ？」

「あはぁ、とってても気持ちよくてっ、今も頭がフワフワして夢の中みたいブヒィっ！」

「それでこそ美穂さんだ。発情マンコも媚びるようにウネウネしてるし、やっぱ牝は素直なのが一番だな」

「も、もうなにがなんだかぁ、ブヒィ、チンポがチンポでチンポなんですブヒィっ！」

激しい絶頂ですっかり理性が飛んでしまっている。

おかげで美穂は本能の赴くままに牝の快楽に酔いしれていた。

ふたりきりの残業タイムはまだまだこれからだ。

今日も美穂は終電間際まで犯され続けることだろう。

つらく惨めな牝奴隷扱いに、官能的な至福の悦びを感じつつ。

第五章 穢される夫婦の寝室

美穂が主導で執り行っていた社外との契約が無事に締結される運びとなった。

その前祝いにと先方への接待が企画された。

蓮人は美穂のサポート役という名目でその場に参加していた。

接待に選ばれたお店は高級しゃぶしゃぶ店で個室を借り切って始められている。

片時も美穂のそばから離れず、実際に下っぱとしてこき使われもしている。

楽しみにしていたいつもの残業タイムがお預けになったのは不満だ。

とはいえ、それはそれとして美穂にこっそりセクハラして遊ぶくらいの余裕はあった。

先方への対応は美穂が主に行っている。

「このたびは、とても有意義な契約を結ぶことができました。ありがとうございます」

「いえいえ、最初に私たちに話を持ってきていただいて、感謝するのはこちらですよ」

「市場のニーズが高まる気運が見られますからね。時は金なりと申しますし」

「そちらの販路は全国に及びますし、来期以降がとても楽しみですね」

お互いにとても和やかな雰囲気だ。

あくまで、美穂に関しては表面上に限ってだが。

彼女の下着の中にはリモートローターが肉芽に密着する形で貼り付けられていた。

蓮人のスマホにはローターのコントロールアプリがインストールされている。

先ほどから振動は微弱の設定のままオンになっていた。

そろそろ頃合いだろうと、一段階上げて弱にする。

「んっ⁉」

「どうしました美穂さん。急に変な声出して」

「い、いえ、ちょっと……しゃっくりが出かかって」

「もしかして、少しお酒が回ってきました？」

しれっと問いかける蓮人に、美穂はできるだけ平然と答える。

「大丈夫よ。ほ、ほら、まだ全然飲んでないし」

「全然ねぇ」

下世話な笑みが浮かんでしまいそうになるのをがまんしつつ、振動を中にする。

「くむぅ、んく、んんぅ……っ」

「やっぱり、酔ってませんか。ほら、耳のあたりが赤くなってきてますよ」

「んんぅ、これはその、そんなたいしたことじゃ」

「無理はしないほうがいいと思いますけどね」

蓮人は高みの見物を込め込む。

接待の場で強制絶頂させられる美穂の姿はさぞや淫靡なことだろう。

取引先の社員も、美穂の異変に気づく。

「確かに少し、お顔が赤いようですね。もし気分が悪いようでしたら……」

「お、お気遣いありがとうございます。でも、本当に平気ですから」

平気なら仕方ないとばかり、蓮人はさらに振動を一気に最大にしてやった。

「んんんぅっ、んっ、くむ、んんんぅっ！」

さらにくぐもった振動音もハッキリと聞こえてくる。

当然ながら周囲の人たちにも、その音は耳に届いている。

「くうぅ、すみません。どうやら会社からのようなので、少々、席を外しますね」

ローターの音をスマホの呼び出しバイブと偽って、慌てるように個室から出て行った。

程なく、蓮人のスマホに美穂からのメッセージが届く。

『どうか取引先の前でだけはお許しください』

ふむ、と蓮人は考える。

美穂を辱めて遊びたいのはやまやまだが、会社の取引までメチャクチャにする気はない。

『この場でみんなにバレないように十回イクと誓うなら、振動を弱にしてやろう』

返信をしてしばし待つ。

美穂はだいぶ葛藤したようだ。

『わかりました。美穂はみんなの前でこっそり勃起クリアクメすることを誓います』

これで主人と牝奴隷の約束事は成立した。

ローターを弱にしてやると、すぐに美穂は個室に戻ってきた。

蓮人が何気なく目配せすると、美穂もわかってますと頬を染め小さくうなずくのだった。


やがて無事に接待が終わると、そこそこ遅い時間になっていた。

夜に女性がひとり歩きするのは危ない。

そんな口実で蓮人は美穂を家まで送り届けるための大義名分を振りかざす。

ふたりは街の歩道を並んで歩いていた。

蓮人は美穂の腰に片手を回し、スカートの上から股間や臀部の感触を愉しんでいる。

美穂は羞恥《しゅうち》に頬を染めつつ、困り顔だ。

「あ、あの……あんまり露骨にお尻をなで回されると……その、人の目が……っ」

「普通って顔してな。せいぜいカップルがいちゃついてるくらいにしか思われないって」

「そ、それも困ります。そろそろ近所の目だってありますしっ」

「そうやって抵抗するほうが余計に周りの目を引くんじゃないの？」

「うぅ、それはそうですけど……」

今もほかの通行人とすれ違い、慌てて声を潜めた。

蓮人は意地の悪い笑みを浮かべる。

スカートの上から尻の割れ目に指を潜り込ませて肛門を指で突く。

「んひゃっ⁉　くうぅ、だ、ダメですってば、許してください……っ」

「そうだね、あんまり大きい声出したらさっき通りすぎた人が不審に思って振り返るぞ」

「ですから、そういうことはせめてふたりきりのときだけにしてくださいっ」

「ふ〜ん、ふたりきりならいいんだ。むしろ早く俺とふたりきりになりたい？」

「も、もう……っ」

「あはは、聞くだけヤボだったね。俺の可愛い美穂さんはどうせ素直じゃないことだし」

などとからかっているうちに美穂の自宅に到着した。

医者の跡取り息子は儲かっているようで、かなり大きな庭付き一軒家だ。

「あれ？　家に電気付いてないね。みんなもう寝ちゃってるのかな」

「ああ、先日から夫は研修の出張でいないんです」

「子供はどうしたの。まだ小さいのにひとりで留守番はさすがにかわいそうだろ」

「帰りが遅くなるのがわかっていたので、近所の夫の実家に預かってもらってます」

「なるほど、今日は帰っても美穂さんがひとりってわけか」

これはいい話を聞いた。

帰りがけのセクハラで蓮人はすっかりムラムラしている。

子供に気兼ねしなくていいなら、ここでがまんする必要もない。

それに美穂が後生大事にしている夫との生活圏を穢してやるいいチャンスだ。

「んじゃせっかくだし、ちょっと上がらせてもらおうかな」

「えっ、こ、困りますっ、こんな時間に男の人が家に来てたのがバレたらっ」

「つまりバレなきゃいいんだろ。玄関前で騒いでるほうが目立つぞ。ほらほら、鍵開けて」

「あぁん、ご主人さまったら……っ」

美穂の抗議には耳を貸さずに、ずかずかと上がり込む。

室内は清掃が行きとどき、きちんと整理整頓されていた。

乱雑で荷物やゴミが片付け切れていない蓮人の部屋とは正反対だ。

「へ～、ここが美穂さんの愛の巣か。くんくん、お～、美穂さんの匂いがするぜ！」

「や、やめてください、恥ずかしいです。あまりその辺のものは触らないでくださいっ」

「悪い悪い。うちにないものとかつい珍しくてさ」

「あの、ほ、本当に困るんです……もし万が一このことが夫にバレたら……」

あまり好き勝手に部屋を荒らされては来客の痕跡を隠しきれなくなってしまう。

蓮人が帰ったあとに急いで部屋の掃除と換気をしなくてはと考えると気が重い。

そんな美穂の心配を知ってか知らずか、蓮人はあくまでマイペースだ。

「美穂さんは心配性だな。ほかに誰もいないんだし、バレるわけないだろ」

「ご主人さまが楽天的すぎるんです。お願いですから家庭を壊すようなことだけは……」

「それよりせっかくひと晩中ふたりきりになれるんだし、思いっきり楽しもうぜ」

有無をいわさず欲望にギラついた目で蓮人が笑いかける。

ギョッとしたのは美穂だ。

自宅で性奉仕させられるのはさすがに受け入れがたい。

「待ってくださいっ、泊まってくつもりですかっ」

「明日のお楽しみで使おうと思ってた衣装があってさ、今使っちゃってもいいよな」

手提げの紙袋ごと美穂に手渡した。

ずっと蓮人がそれを持ち歩いていたのは知っていた。

あまり深く追求することもないだろうと、大して気にしていなかったからだ。

だが、まさかその中身がいつものコスプレ衣装だとは夢にも思っていなかった。

「……な、なんで今もそんなの持ち歩いてるんです？」

「もしかしたら今日の接待でなんか使えるかもと思って。なんか受けそうじゃん」

「使おうとなんかしないでくださいっ、うぅ、こ、これに着替えろと？」

「もちろん。いつもどおり全裸になって、俺の目の前でゆっくり着替えてもらおうか」

「あぁ、は、はい、ご主人さま……」

蓮人の命令にはいくら抵抗感があっても素直にうなずいてしまう。

美穂はもはやマゾ性を刺激する凌辱で完璧に躾《しつ》けられてしまった牝だ。

絶対服従が条件反射の域に達しているので、恥ずかしそうにしつつも逆らわない。

手渡された紙袋をのぞき込む。

いかにも布の質が安っぽいコスプレ衣服が現れた。

「えっと、この服は……セーラー服？」

「ふふふ、美穂さんに合わせた特別仕様だぜ」

「なんだかイヤな予感しかしないんですけど……あぁ、やっぱり。この下着なんて私の恥ずかしい部分が丸出しになる位置にしっかり穴まで開いていますっ」

しかし、どれだけ恥ずかしくても牝奴隷の身分では身につけるしかない。

渋々ではあるが、セーラー服を着ると蓮人が満足げにうなずく。

「うんうん、思ったとおり。美穂さんはなにを着せても最高だな」

「こ、これがですか？　あきらかに私の歳では、その、十年以上は若くないと……」

「その無理筋なのがいいんだろうが。キャバクラのコスプレタイムみたいで」

「よくわかりませんが……と、ともかくかなり恥ずかしいのは確かです」

元からコスプレ用のデザインというせいもあるだろう。

清楚なはずのセーラー服が人妻が醸し出す淫猥な雰囲気にすっかり負けていた。

違和感が甚だしい。

もっとも美人が着ればそれすらギャップとなって美穂の美しさを際立たせてしまう。

「学生時代の美穂さんも可愛かったんだろうな～。当時の初々しい肉体をめちゃくちゃにしてやれなかったぶん今夜はチンポ狂いにさせてやるから楽しみにな」

「そ、そんな、このまま家でなんて大切な家庭を穢すようなことだけは許して……っ」

「甘えるな。よし、夫婦の寝室に案内してもらおうか。そこで肉便器にしてやるから」

「あぁ、い、いくらなんでもあんまりですっ」

いつにも増して心理的なハードルが高かった。

美穂は聞き分けのない子供のようにかぶりを振る。

しかし、そんな心とは裏腹に秘裂は粘液のしずくを滴らせるほどに濡れそぼっていく。

「いいから早く案内しろ。こいつは命令だぜ」

「うく、あぁ、は、はい、ご主人さま。仰せのままに……」

トボトボと肩を落とす美穂だったが、高鳴る胸の鼓動も抑えきれない様子だった。

美穂に案内された寝室は、リビング以上に美穂の匂いが強く感じられる。

物珍しげに室内を見回す。

ふと、ベッドのサイドテーブルに写真立てを見つけた。

そこには美穂とその夫と思われる若い男性が楽しそうに笑っている姿が写っている。

「ふ～ん、いかにも若手のお医者さまって男だな。育ちと性格の良さが顔に出てら」

「そ、そうですね。ご主人さまと違ってとても誠実な男性です」

蓮人の視線から隠すように、パタンと写真立てを伏せた。

これから始まる常軌を逸した痴態はとても夫には見せられたものではない。

人妻としての意識が、気休めにしかならない行動を取らせたのだろう。

例え写真の中の夫だとしてもその視線に惨めな姿をさらしたくはなかった。

しかし、蓮人は自分のモノにした牝奴隷に甘えは許さない。

あえて伏せた写真立てを手に取ると、写真の面を上にしてベッドの枕の横に置いた。

「ご、ご主人さま？　あの、いったいなにを……」

「へへ、なんだと思う？　とりあえず、このままチンポの世話を頼むぜ」

そのまま強引に美穂をベッドに押し倒し、その濡れた秘窟を犯しだす。

驚いたのは美穂だ。

むずがるように身を揺すって、写真立てに手を伸ばそうとする。

「イヤぁっ、ご主人さまぁ、せ、せめてこの写真は伏せておいてくださいぃっ！」

「へへ、これが旦那さんだろ？　美穂さんが牝の顔になるとこ見せつけてやろうぜ」

膣肉の反応がいつもよりも敏感だ。

やはり人妻としては旦那の視線を意識しないわけにはいかないらしい。

「いつも旦那さんに抱かれているベッドだとチンポの違いがハッキリと実感できるだろ」

「くうぅ、あぁん、グリグリしないでぇっ、はぁ、はぁ、意地悪しちゃイヤですぅっ！」

蓮人の意図を悟って美穂は悲痛な嬌声をあげた。

さんざん屈辱的な性奉仕を強要され、マゾ絶頂を味わわされるのは惨めなものだ。

だが自宅に帰れば蓮人の凌辱の手は及ばない。

どれだけ卑しい牝奴隷だろうが、家族の前ではひとりの妻や母でいられる。

夫婦の寝室は優しい夫との思い出に満ちている安らぎの空間だ。

それなのに蓮人はそんな癒しの場所すら、汚れた現実で穢そうとしているのだ。

「やっぱり許してくださいぃ、ちゃんと肉便器になりますっ、で、でもこの場所ではっ」

「俺の肉便器をどこで使おうが俺の勝手だろ？　美穂さんも素直に楽しめばいいんだよ」

「そんなの無理に決まってますっ、はぁ、はぁ、んぐぐ、あの人を裏切るわけにはっ」

「さんざん浮気マンコでいい思いしまくっといて今更だろ。思い出させてやるぜっ」

パンッ！　パンッ！　パパンッ！

腕を振り上げて、目の前の大質量を誇る双丘に往復ビンタを連続でご馳走してやる。

「ひぃっ、あぁんっ、おっぱいビンタダメぇっ、あぁっ、痛いですぅ、あぁんっ！」

「ははは、なんでダメなのさ。美穂さん、こうやって乱暴されるの大好きだろうがっ」

「くうぅ、あぁんっ、だってだんだん頭の中まで真っ白になってきて、あひっ、あぁっ！

自分が自分じゃなくなっちゃうから、あぁっ、夫の前であんな姿をさらすなんて絶対に嫌ですっ！」

「初めは抵抗あるかもしれないけど、一度味わえばすぐに病みつきになるさ」

どうせ牝の身体は自分の肉棒による調教で完全に屈服している。

夫に対する家族愛だってすぐに取るに足らない幻想だと気づいてくれるだろう。

蓮人は美穂との肉体的な相性に絶対的な自信を持っていた。

「美穂さんは卑しいマゾ牝だから、俺も安心して嬲《なぶ》ってやれるってもんだぜっ」

美穂の巨乳はたっぷりと母乳が蓄えられているのが特徴だ。

おかげで叩いたときの手触りが絶品だ。

マシュマロと水風船を足したような独特

の心地いい弾力はほかでは味わえない。

乳房は叩かれたら酷い痛みを覚える女性の急所だ。

つまりマゾ牝には背徳的な愛撫と変らないというわけだ。

「ひぃん、あぁっ、痛いですぅ、オッパイ腫れてジンジン痺れてっ、あんっ、あぁっ！」

「へへ、おっぱい叩かれるたびに牝穴がどうなるのか写真に向かっていってみろっ」

「あっ、あっ、奥までミッチリ埋め尽くしているカリ高勃起チンポを、あぁんっ、締め付けちゃいますぅっ！」

「もっと具体的にっ、いつもやらせてるんだから簡単だろ？」

パパンッとさらにビンタを繰り返しながら命じた。

美穂は媚肉をヒクつかせながら人妻失格の下卑た告白を口にしてしまう。

「んひぃっ、み、美穂マンコはチンポが大好きでいつも発情してますぅっ、ぐひぃっ！」

子宮を突き上げられるほど奥まで肉棒をねじ込まれた。

途端に条件反射で膣腔が淫らな蠕動《ぜんどう》を繰り返してしまう。

例え美穂に射精させるつもりがなかったとしよう。

それでも発情した牝の身体は勝手に肉棒を扱いて精液を搾り取りにかかってしまう。

「オナホらしいヒダヒダの多いマンコ粘膜が最高だぜっ、おかげで俺はジッとしているだけでも、たっぷり中出しできるって寸法だ。ホント便利な肉便器だな」

「も、もう許してくださいっ、あぁん、お願いですから早く済ませてくださいっ、いくら写真とはいえ夫の前で惨めな姿をさらし続けるのはつらすぎますぅっ！」

「おいおい、美穂さんの本気はこんなもんじゃねぇだろうがっ！」

乳ビンタにあわせて乱暴な抽挿でも責め立てていく。

経産婦でも持て余すほどの剛直だ。

執拗に子宮を狙われたら美穂にできることは限られている。

せいぜい嗜虐者《しぎゃくしゃ》に媚びて慈悲を乞うことくらいだ。

「あひぃっ、ダメですぅっ、チンポぉっ、そんなっ、ぐひぃっ、凄いのぉっ！　あぁっ、太くて硬いカリ高勃起チンポが抉り込んでくるんですぅっ、し、子宮痺れるぅっ！」

「ははは、同じ正常位でも旦那さんと俺とじゃまるっきり違うだろっ」

「夫はこんなおっぱいビンタしながら美穂マンコをオナホにしたりしませぇんっ！」

「で、美穂さん自体はどっちが感じるんだ？」

力強いひねりを加えた乱暴なピストンで答えを促す。

嘘偽りのない牝の心情を口にさせるには、どんな拷問や自白剤よりも効果的だ。

「んぐぅ、イヤぁっ、聞かないでくださいぃっ、い、いえるはずないのにぃっ！」

「ダメだ、ちゃんと答えろっ、美穂さんの本音を大きな声で叫ぶんだっ」

「ち、チンポ激しいっ、んほぉおぉっ、弾けるっ、脳みそで連続フラッシュがぁっ！」

「へへ、今まで数え切れないくらい天国を味わわせてやった逸品だぜっ、大好きだろ？」

荒々しく突いて、抉って、ひっかいてやる。

経産婦ならではの柔軟な膣腔だからこそ受け止められていた。

男性経験の少ない女子学生あたりだとこうはいかない。

美穂と同じ責めを受けたらたちまち粘膜が裂けて大けがをしていただろう。

まさに女の心身を踏みにじる凌辱だ。

「おふぅっ、ダメぇっ、あひっ、で、でもぉ、好きですチンポぉ、あぁん、ダメぇっ！」

「ちっともダメじゃないだろっ、心にもないウソつくほうがよっぽど問題だぜっ」

ベッドのスプリングを利用してより反動の大きい抽挿で深く激しく突き挿れていく。

乳房をはたくたびに母乳が飛び散る。

膣穴の締め付けも複雑なヒクつきをみせていた。

「くぐぅ、おかしくなるぅ、き、気持ちよすぎてどうにかなっちゃいそうっ！」

「へへ、そうだぜ気持ちいいなら素直に愉しめっ、ほらほらコイツが大好きなんだろ？」

「あぁんっ、チンポぉっ、凄いですぅ、熱くて硬くて美穂マンコ蕩けちゃうぅっ！」

「俺も大好きだぜっ、毎日使いまくってるのにちっとも飽きる気がしねぇぞっ」

初めて美穂を犯したときに運命的なまでの身体の相性の良さを確信した。

今もその思いに揺るぎはない。

どれだけ責めても緩むことがないジャストフィットな秘窟だ。

まさに天性の肉便器としかいいようがない。

肉棒が蕩けそうになる快感を思えば感謝の念しかない。

「あぁっ、ご主人さまのチンポ凄いぃっ、チンポ気持ちいぃっ、だぁい好きですぅっ！」

「どのチンポでもいいのか？　欲求不満の人妻を満足させてやれるのは俺だけだぜっ」

「ご主人さまのチンポがいいですっ、太くて硬くて、凶悪なチンポが好きぃっ！」

「淫乱マゾにはろくに犯してくれない旦那チンポはお呼びじゃないもんなっ」

夫と愛を育んだベッドで犯されるのは背徳的な快楽だった。

美穂はすっかりのめり込んでいる。

素晴らしい夫にはなんの落ち度もないのはわかっている。

だが、浅ましいマゾヒスティックな欲望にかかっては正論は通じない。

牝奴隷には優しさや思いやりなんてものにはなんの価値もないのだ。

淫蕩な本性を満たしてくれる暴虐的な男根こそ服従と敬愛の対象になる。

「凄いぃっ、もっとぉっ、このまま最後までっ、あぁんっ、チンポ続けてぇっ！」

「写真の旦那が見てる前で自分がなにをおねだりしてるのかわかってんだろうなっ」

「だ、だって中出しするぞってガンガン突かれたら美穂マンコ逆らえませぇんっ！　新鮮な子種をキンタマから直送される快感の虜なんですぅ、あなた許してぇっ！」

口先だけの謝罪ではない。

頭の片隅に追いやられてしまった倫理観が強い罪悪感を訴えている。

心の底から夫には申し訳なく思っていた。

惨めなまで肉棒の虜になっている自分にたまらない自己嫌悪を抱く。

だが、だからこそますます被虐の悦楽から抜け出せなくなってしまう。

「許すもなにも美穂さんは肉便器なんだから下品な種付けねだりが大正解だろ」

「くぐぅ、でもぉ、あぁっ、だって、あひっ、ダメぇ、全然頭が回らないのぉっ！」

「それでも中出し乞いができるのはそれが条件反射になってるからだろうな」

これがその証明だとばかり、執拗に子宮を責め立てる。

優秀な肉便器へと躾けられた牝の身体だ。

あっさりと白旗を揚げてしまう。

「きひぃっ、降参ですっ、子宮はチンポに勝てませんっ、もうこれ以上虐められたら耐えられませんっ、よすぎて死んじゃいますぅっ、凄いっ、チンポ凄いいぃっ！」

「旦那さんと俺と、どっちのチンポがいいんだっ」

「あぁっ、ご主人さまですっ、あぁっ、聞かないでぇっ、いわせないでっ、でもチンポ凄いのぉおんっ！　気持ちいぃぃ、美穂マンコベタ惚れしてますぅっ！」

「このド淫乱なザー汁処理オナホは誰の子種をほしがってるんだっ」

「それもご主人さまですぅっ、ダメぇっ、勝手に答えちゃうっ、あなた許してぇっ！」

傍目からでは美穂の言動はまるで酔っ払いのように支離滅裂だ。

しかし、決して悪ふざけをしているわけではない。

強すぎる快感に耐えかねて、とっくに思考が酩酊している。

力強い牡に心酔する牝の本能のまま蓮人に追随してしまうのだ。

「美穂さんは俺のチンポなしじゃ生きていけない身体に成り果てた牝マゾ肉便器だっ」

「あぁんっ、美穂はご主人さまのチンポなしじゃ生きていけない、牝マゾ肉便器ぃっ！」

「子供ごと美穂さんを引き取ってやる。安心して旦那さんを見限って孕むといいぜっ」

「あひっ、くうぅ、美穂はご主人さまに孕まされますぅっ、あぁん、そんなのダメぇっ、でも逆らえないっ！　ひぃ、子宮が降りてチンポにゴリゴリってっ、あぁんっ、熱いっ、チンポが中出し態勢ですぅっ！」

これまでなんども屈辱的な膣内射精を味わってきた。

それでも、今まさに夫婦の寝室でよその男に孕まされようとしている状況は初めてだ。

貞淑な妻なら発狂しそうなほどの責め苦だろう。

つまり、愛する夫との蜜月を続けていては、決して経験することはないのだ。

この上ない魂すら穢されてしまうような被虐の悦楽に狂う機会を逸する。

そのことに牝マゾたる美穂は気づいてしまった。

「ははは っ、美穂さんも大概だなっ、今まさに浮気マンコに種付けされそうになってるのに、このマゾマンコは大喜びしてるぞっ」

「あぁっ、ごめんなさいぃっ、でもしかたないのっ、気持ちいいぃっ、痺れるっ、ダメなのに最高ですぅっ！」

寝室の窓ガラスが震えるほどの絶叫だった。

肉棒に絡みついている膣壁もせかすように痙攣《けいれん》を繰り返し、射精を促している。

「もう美穂マンコの頭壊れてますっ、出してぇっ、このまま子宮にザー汁ぅっ！」

「チンポ愛してますっ、チンポの奴隷ですっていいながら孕まされろっ、出すぞっ！」

「くはっ、んぎぃっ、チンポ愛してますっ、あっ、あっ、チンポの奴隷ですぅ、あぁんっ、チンポぉおぉっ！　美穂マンコにいっぱいだしてぇっ、吐きだしてぇっ、人妻マンコが孕むまでいっぱいっ、キンタマたっぷりのドロドロ子種いっぱいぃぃっ！」

知性を失った牝マゾの懇願に答えるように肉棒が大きく脈動する。

次の瞬間、美穂は膣奥の子宮に痺れるような熱い粘塊を感じ取って絶頂した。

「イクイクイクうううぅっ、ああぁっ、ドピュドピュぅ、おふぅ、子宮に直撃ぃっ、またイクううぅぅっ！　あぁっ、美穂マンコに子種がいっぱいぃっ、あぁんっ、蕩けるぅっ、バカになっちゃうぅっ！」

「くうぅっ、どうだっ、量も勢いも旦那さんなんて目じゃねぇだろっ！」

「あひぃっ、あぁんっ、こんなのご主人さまだけぇっ、あぁっ、イクイク美穂マンコっ、あんっ、いぃぃ！　キンタマ空っぽになるまでザー汁全部出してぇぇぇぇっ！」

美穂の絶頂は止まらない。

数十秒にも及んで、発狂しそうな快感を繰り返し味わい続けていた。

脳が真っ白に灼きつき、無数の精子に胎内を蹂躙《じゅうりん》される被虐の感覚に押し流される。

「止まらないぃ、中出し凄すぎてイキまくりですぅっ、またザー汁に屈服ですぅぅっ！」

内股の筋がピンと張り、仰け反って蕩け顔になってしまう。

下腹部も大きくうねって、ベッドのシーツを力一杯握りしめた。

やがて大きく息を吐いて、くたりと弛緩する。

「ふはっ、ご主人さまにぃ、いっぱいザー汁処理に使われちゃいましたぁ、あはぁっ！」

「もちろん、これで終わりだとは思ってないよな？」

「あぁん、チンポビンビンっ、ぜぇんぜん硬いままぁ、ここからが本番なんですねぇっ」

「そういうこった。美穂さんだってまだまだ余裕だろ？」

今夜は自宅に帰る必要がないので朝までとことんまで犯しぬくつもりだ。

美穂と愉しみあった性臭を取れなくなるまでベッドに染みつけてやるのも一興だろう。

——そんなこんなで数時間。

「おおぉっ、イグイグぅっ、ドッピュンドッピュンっ、弾けてりゅううぅっ、いいのっ、チ

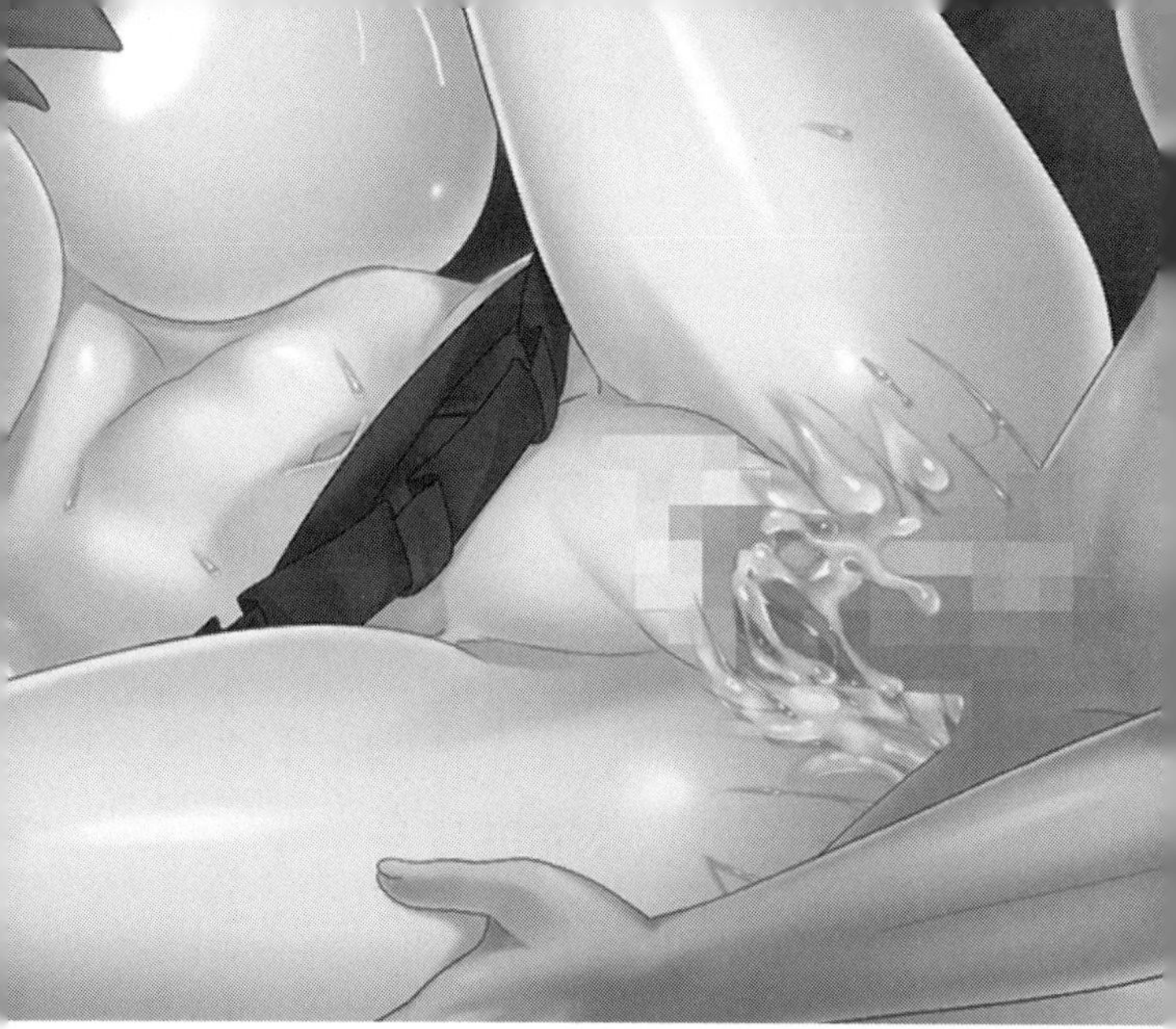

ンポぉおおぉん！　んぎぃっ、くはっ、はぁ、あぁ、美穂マンコぉ、今夜は百一回目の牝マゾチンポ狂いオナホアクメらろぉおぉ……っ！」

「へへ、もっとうれしそうに。しっかり撮影してるんだからさ」

「はぁ、あぁ、も、もうなにがなんだかわからないいれすけろぉ、ザー汁いっぱいマンコがしあわせれぇす！　子宮がちゃぷちゃぷしちゃってるのぉっ！」

「めっちゃエンジョイしてるな。旦那のいぬまに浮気オナホしてるのによ」

美穂は絶頂の余韻で視線が宙をさまよっていた。

意識も混濁し、夢かうつつかわからなくなっている。

官能の汗で全身が濡れ光り、シーツ

も匂い立つほどに汗をビッショリと吸っていた。

「あはぁん、チンポぉおおっ、もうそれだけれぇす、チンポのための美穂マンコなのぉん、だからチンポぉっ、好き好きチンポれぇす、子種たっぷり気持ちよすぎらのぉっ！」

すっかり呂律が怪しくなってしまった。

それだけに卑しい牝の本性もダダ漏れになっている。

もう美穂は自宅ですら安堵することはできない。

いついかなる場所でも主人たる蓮人の求めに応じなければならないからだ。

例え知人の前だろうが股を開いて肉便器としての務めを果たさなければいけない。

そのように牝奴隷の心得を魂にまで刻み込まれてしまったのだった。

第六章 人妻の肉便器出張

美穂が出張することになった。

これは以前から予定されていたことだったが、蓮人には不満だった。

毎日のように性欲処理でお世話になっている身だ。

十日ほどもあの素晴らしい肉体を味わえなくなるのかと思うとかなりつらい。

ではどうすればいいのか？

出張の当日の朝、美穂は駅前で出張に同行する部下と待ちあわせしていた。

そろそろ約束の時間だ。

そこに不意打ちで現れたのはその場にいるはずのない蓮人だった。

目を丸くする美人上司にぐうたら平社員が爽やかな笑顔を向ける。

「美穂さんの同行者が急遽俺に変わりましたんで、どうぞよろしく！」

「えっ、な、なんで、どうして⁉」

「そりゃ愛しい美穂さんとは一分一秒でも長く一緒にいたいからに決まってるだろ」

キラリと白い歯を輝かせるいい笑顔だった。

本来の同行者はあまり長期出張に乗り気ではなかったようで、蓮人が話を持ちかけるとふたつ返事で交代してくれたのだ。

あきれるのは美穂だ。

「……あの、遊びに行くんじゃないんですけど」

「もちろん知ってるって。でも二十四時間ずっと働きづめってわけでもないでしょ」

今回の出張は地方の事務所や工場の視察がメインだ。

今後の新商品の販売に向けて、製造状況や流通ルートの調整が行われるわけだが、もちろん平社員の蓮人が同行したところで蚊帳の外だ。

蓮人は純粋に美穂の身体目当てだけで出張に付いていくつもりだったりする。

「休憩時間とか移動時間とかあるから、実質まともな仕事タイムは一日で四～五時間ってとこでしょ。それ以外なら好きなだけ美穂さんを犯し放題！」

「なにがつまりですか。完全にただの旅行気分じゃないですか」

「牝奴隷には肉便器こそ立派なお仕事だぜ。さすが美穂さん、できる上司は勤勉だな～」

「うぅ、ど、どうあっても付いてくるつもりなんですね」

「でなきゃ、同行者をわざわざ代わってもらったりしないっての」

出張に関する移動の足や宿泊先の手続きも、こっそり蓮人が介入している。

もちろんできるだけ多くの時間を美穂と一緒にすごすためだ。

「ほら見てよ、特急チケットもグリーン個室だぜ。快適な旅路になりそうだな」

「こ、個室っ、あぁ、やっぱりご主人さまはどうあっても私のことを……っ」

美穂は早々に運命を受け入れたようだ。

ここで抵抗して時間を無駄にすれば業務に差し障る。

素直に蓮人の性欲処理に従事しているほうが得策だろう。

そうすればどうにか理性は保っていられる。

下手に逆らえば過剰な辱めに発展するのは間違いない。

我を失い、電車内で一匹の淫獣と化せば目も当てられない事態になってしまう。

「さあ美穂さん、出発だ！」

「は、はい。どうかよろしくお願いしますね」

差し出された手を取り、大人しく蓮人のあとに付いていく。

目的地まで電車での移動に数時間。

もちろんそんな些細な時間でも無駄にはしない。

グリーン個室に入るなり、蓮人はさっそく美穂に手を出す。

胸元から乳房を露出させると、それはもうねちっこく乳首にしゃぶりつく。

個室といえども電車の窓からは中が丸見えだ。

そう簡単には走行中の車内をのぞき込むことはできないとわかっていても落ち着かない。

ほかの電車がすれ違ったり、高い建物の近くを通ったりする瞬間は気が気ではない。

「んぅ、ダメぇ、許してご主人さまっ、こ、声が漏れちゃうぅ、我慢できませぇんっ！」

「喉が渇いたから美穂さん特製ミルクをご馳走になってるだけだけど？」

「そんなこといってもう一時間以上もネチネチとっ、やぁん、乳首噛まないでぇっ！」

「甘えるようないい声で鳴いといて、イヤもなにもないだろうが」

片手ではとても隠せないサイズの巨乳をモッチリと大きく揉みまくる。

たちまち甘い母乳がいくらでもあふれ出てきた。

乳首に歯形が付くほど強く噛んでやる。

マゾ性感が極度に発達した美穂にはご褒美にしかならなかった。

「くぅ、い、今外の通路を誰か通りましたっ、ほ、本当にバレちゃいますぅっ」

「俺は気にしない。美穂さんだって本音じゃ見られたくてたまらないんだろ？」

「はぁ、はぁ、ダメですぅ、んんぅ、許してぇ、声がっ、くぐぅ、声がぁ……っ！」

「へへ、いつもはでかい声で下品な牝鳴きしてるのに、がまんは身体によくないぜ」

「うぅ、お願いです、虐めないでぇっ、はぁ、はぁ、それならいっそのことっ」

乳房全体に淫らな熱がともって女性器と代わらない敏感な性感帯と化していた。

このまま好き勝手に揉まれ続けていたらそれだけで絶頂してしまいそうだ。

いちどでも牝の悦びを味わったら、そこから先は理性が残っている保証はない。

電車の中だろうがかまわず品のない嬌声を響かせ、恥辱の痴態を繰り広げてしまう。

ここで人生の破滅を防ごうとしたら、蓮人に満足してもらうしかない。

「じ、ジッとしてますから、早くすませてくださいっ！」

「ん〜、なんのことかな。もっと具体的にいってくれよ」

「ザー汁処理に使いたいなら、ううぅ、好きなだけ肉便器でスッキリしてくださいっ」

恥辱に震えつつも、その声には期待の色が隠し切れていない。

蓮人は美穂の理性と本能のせめぎあいを完全に見抜いている。

この場で辱めを受けたくないという気持ちに嘘はないだろう。

同時に取り返しの付かないところまで堕とされたいという被虐願望も存在している。

そこで蓮人は、ツンツンに勃起しきっている乳首をねぶりつつもしれっと答える。

「喉が渇いてるからしゃぶってるだけでべつにオナホを使わせろなんていってないだろ」

「え、で、でもぉ……っ」

チラチラと視線が蓮人の股間に向く。

ひと目でわかるほどにズボンを隆起させて硬く勃起していた。

「なんだ、いいたいことがあるならいってみろ。ほらほら、そのお口でズバリ正確にな」

「ふぅ、んぅ、ご、ご主人さまのぉ、絶倫チンポがギンギンに勃起してますぅっ！」

ズボンの下の男根がどんな状態になっているのかは簡単に想像が付く。

これまで数え切れないほど濃厚な性奉仕をさせられてきたのだ。

蓮人は射精したがっていると、百パーセントの自信を持って断言することもできる。

「美穂はキンタマたっぷりの子種を吐き捨てるための牝奴隷肉便器なのでぇ、あふぅっ、いつでも遠慮なく、牝穴やケツ穴で好きなだけチンポ扱きをお楽しみくださいっ！」

「悪いな美穂さん。このチンポはただの生理現象で性欲とは無関係なんだ」

「ふぇ？　う、ウソですっ、そんなハズありませんっ、なんで意地悪するんですかっ！」

「虐めてほしいのか虐めてほしくないのか、どっちかに意見を統一してほしいな～」

いつもなら速効で犯しまくるところだ。

しかし、今日はあえて手をださない。

なぜなら、新しい美穂嬲《なぶ》りのアイディアを思いついていたからだ。

実は現地に着いたら美穂たちはそのまま工場の視察に向かう予定になっている。

美穂には気が狂う寸前にまで欲求不満になった身体で打ち合わせしてもらうつもりだ。

「はぁ、んんぅ、チンポしないならおっぱいしゃぶりも許してくださいぃっ！」

「肉便器ってのは義務であって権利じゃない。俺がその気になるまでずっとおあずけだ」

しばらくは蓮人の股間も苦しい思いを味わう諸刃の剣だ。

しかし究極の焦らし責めのためならがまんする甲斐があるというものだ。

きっと今夜は美穂が狂ったように乱れた姿を堪能できることだろう。

初日のひと仕事を終えて宿泊予定のホテルに着いたのは結構遅い時間になっていた。

ホテルのカウンターでふた部屋の予約だったものを急遽ひと部屋に変えてもらう。

美穂が恥ずかしがって抵抗したが、ダブルベッドの部屋を指定するのは忘れない。

ふたりで部屋に向かい、荷物を下ろすと、蓮人は満足げに室内を見回す。

「うん、なかなか綺麗な部屋だな。しばらく滞在しても快適そうだ」

「あぁ、ダブルベッドの部屋に変更なんて……絶対ホテルの人に変に思われたわ」

「変どころか、こいつらこれからヤリまくるんだなって確信してた目つきだったぞ」

「このホテル、会社の出張でよくつかうのに、もしこのことが会社に知られたら……」

経費の詳細を確認された時点でダブルベッドの部屋に泊まったことがバレるだろう。

多少は財布に痛いが擬装用にシングルの部屋をふたつ取るしかないだろうかと美穂が困っている横で、蓮人はさっさとズボンのファスナーを下ろして肉棒を取り出す。

「そんときゃ堂々と俺の肉便器ですって自慢すりゃいいじゃん」

「そ、そんな簡単にいわないでくださいっ」

「れっきとした事実だし、今さら俺のチンポは忘れられないだろうが」

蓮人はすでに臨戦態勢だった。

そそり勃っている肉棒は天井を指し示し、我慢汁もダダ漏れだ。

昼間の忍耐はこの瞬間を味わうための気の長い前戯でもある。

美穂を背後から抱きしめ、有無をいわさず立ったまま犯しにかかった。

「くぉぉおぉぉっ！　チンポ深いぃぃいぃっ、グリグリってっ、あぁんっ、奥までぇっ！」

「隅々まで燃えるように熱くなってるな。そんなおあずけされてたのがつらかったのか」

「んぐぅ、ご主人さまが悪いんですっ、さんざん弄《もてあそ》ぶだけ弄んで放置するからっ」

つい恨みがましいすねたような声を漏らしてしまった。

普段は息をするように凌辱される生活を送っているのが美穂だ。

セクハラで身体を刺激されるだけ刺激されて放置されては逆にたまらない。

肝心の肉棒の挿入がない状態というのは、美穂が思っていた以上につらいものがあった。

これではまるでセックスの依存症じゃないかと自虐せざるを得ない。

「へへ、だったら工場長の目の前で犯してやってもよかったのか？」

「ひいぃ、そんなのダメですぅっ、んぐぅ、チンポ太いぃ、大きいぃ、あはぁっ！」

視察中はすまし顔で仕事をしていたが、秘裂はグッショリと濡れそぼっていた。

周りの視線がないときは、すかさず蓮人が陰核を摘まんだり、膣腔や肛門に指を挿入したりとイタズラしてくるので、愛液が乾く暇がなかったのだ。

「頭の中はチンポのことでいっぱいだったってのがわかる締め付けだぜ」

「それはご主人さまのせいです、美穂の身体を淫乱チンポ狂いになんて調教するからっ」

「美穂さんが淫乱なのは生まれつきだろ。こしらえたようにしっくりくるし、身体の相性もバツグンだな」

見てよし揉んでよし味わってよしの豊満な乳房を持ち上げるようになで回す。

蓮人にしてみれば美穂の巨乳は男を勃起させるために存在しているとしか思えない。

肉棒で膣内の感触を愉しみつつ、手のひらでもじっくりと巨乳を愉しんでいる。

おかげで美穂は早くも官能の底なし沼に捕らわれて息も絶え絶えだ。

「ふぅ、ふぅ、くうぅ、でも私には愛する夫がっ」

「とっくに自分自身すらごまかせなくなってる建前なんて、いくら口にしても無駄だろ」

しっかり肉ヤリで縫い止めたまま、乱暴に双丘を揉みしだいてやる。

発情してパンパンに張っている乳房だけに乳首から勢いよく母乳が飛び散る。

「あぁんっ、おっぱい潰れちゃいますぅっ、ひぃ、くぐっ、あっ、あぁんっ！」

「相変わらずのミルク量だぜ。この浮気マンコ妻ときたらどんだけ発情してんだよ」

「くううぅ、ダメぇ、おかしくなっちゃいますぅ、あぁんっ、絞って遊ばないでぇっ！」

「乳首が熱く痺れて仕方ないんだろ？　変態巨乳にとっちゃ射精と同じだな」

蓮人が面白がって母乳を飛ばして遊ぶ。

秘窟を犯される快感で無尽蔵に母乳を生み出してしまう乳房は、蓮人の指摘どおり終わらない快感も執拗に生み出していた。

「はぁ、んひっ、オッパイに指が食い込んでっ、も、もっと優しくお願いしますぅっ！」

「オッケー。指の跡が残るくらい乱暴にだなっ」

「んぎぃっ、い、痛いですっ、あぁっ、そんなに無理やり絞られたらっ、あぁんっ！」

「子宮が降りてきたぞ。露骨な孕み乞いで可愛いったらないな」

いくら美穂が口で否定しても、その身体は牝の本能が支配している。

荒々しい肉棒に対して淫らな吸い付きを持って射精を促していた。

「ま、美穂さんのお口でおねだりしてくれたほうがもっとエロいんだけどさ」

「あぁ、わ、わかりましたっ、降参しますぅっ、美穂は浮気チンポに孕まされたがってる肉便器ですっ！　くうぅ、ご主人さまのチンポに逆らえない、あぁんっ、牝マゾ美穂に子種をご馳走してくださいぃっ！」

昼間からさんざん焦らされていたせいか、あっさりと陥落する。

もちろん本番はここからだ。

体重を乗せた突き上げで女体が縦に揺らされてしまう。

「あひっ、ズボズボ激しいぃっ、凄いぃっ、チンポで子宮がめった突きぃぃっ！」

「立ったまま後ろから犯される気分はどうだ？」

「愛のない性欲処理のオナホに使われてるって実感が込み上げてきますぅ、あぁっ！」

「牝マゾは道具扱いしてやってこそ、真の愛情表現だと俺は思うけどな」

ニヤニヤしながら抽挿の勢いをドンドンあげていく。

美穂の肉体が焦れていたように、蓮人も暴発しそうなほどムラムラをがまんしていた。

その反動で鈴口から我慢汁があふれ出し、愛液と混ざりあって下卑た粘着質な水音が部屋中に響き渡るようになる。

「子宮で弾けて脳まで響くぅっ、チンポいいぃっ、ホントはダメなのに幸せですぅっ！」

「ダメじゃないぞっ、旦那さんのことなんて気にすることないしなっ」

「あぁぁっ、で、でもそれは許されないことでっ、くぐぅ、痺れるぅ、いいのぉっ！」

「そうだぜっ、心の底から肉便器を愉しんでも美穂さんならいいんだっ」

意識を下半身に集中し、美穂の性感帯を集中的に責めていく。

Gスポットや子宮の感度もうなぎ登りで美穂は理性を保ちきれなくなる。

「太くて硬いのぉっ、あぁんっ、大きいぃっ、熱いっ、おかしくなっちゃうぅっ！」

「ほらほら素直になれっ、また中断したままおあずけにされたいか？」

「そ、それだけは許してくださいっ、ここでチンポやめられたら耐えられませんっ！」

「じゃあどうするのが正解だ？　ほらほら大きな声でいってみろっ」

子宮を突きながら無条件降伏を迫ると、もはや美穂に抵抗の意思はなかった。

むしろようやく堕ちきる大義名分が得られたとばかり嬉々と叫び出す。

「あぁっ、あぁんっ、いっぱい突いてくださいっ、犯してっ、美穂マンコはザー汁処理用オナホですぅっ！　もうチンポのことしか考えられませんっ、あひっ、気持ちいいぃっ、奥までみっちり絶倫チンポですぅっ！」

「ふたりきりの出張だから、普段よりもたっぷり中出ししてやれるな。うれしいか？」

「うれしいですぅっ、美穂マンコ大悦びして、くぅぅ、チンポ締め付けちゃうぅっ！」

発情した膣肉の収縮と蠕動《ぜんどう》があからさまに媚びきったものだった。

蓮人の執拗な躾《しつけ》と調教により人妻の心と身体は牝奴隷として覚醒している。

今では淫蕩な牝の欲望をさらけ出して男根を求める淫獣と化していた。

「肉便器だからザー汁に目がありませぇんっ、遠慮なく中出ししてくださぁいっ！」

「チンポに夢中になると本音がダダ漏れになるのが美穂さんの特徴だよな～」

「ふぅ、くはぁっ、子宮にチンポショックを受けると脳みそ痺れちゃうから仕方ないんですぅ、あぁんっ！　あっ、あっ、もうなにがなんだかわからなくなってますぅっ、チンポいいっ、好き好きチンポぉっ！」

「俺もいい加減がまんの限界だから、まずは一発ぶちまけさせてもらうぜっ！」

蓮人がラストスパートをかけた。

結合部で白く泡だった粘液がカリ首にかき出されてしたたり落ちる。

「くひぃっ、ど、どうぞ好きなだけ出してくださいぃっ、そのための肉便器ですぅっ！　凄いぃっ、激しくて壊れちゃいそうっ、突いてっ、犯してっ、このまま一気にっ！」

「へへっ、込み上げてきたぜっ、出すぞ、この発情した子宮を子種漬けにしてやるっ！」

「チンポから逃げられませんっ、激しいぃっ、くるぅっ、中出しっ、あぁぁっ！」

美穂の頭の中で激しい光が瞬き、意識が白く染め上げられる。

肉棒が最大サイズまで膨張し、膣腔を埋め尽くした瞬間、子種がぶちまけられた。

「イックぅぅぅっ、んひぃぃぃっ、熱いザー汁たっぷり奥にぃっ、お腹が灼けるぅうっ、いいのぉっ、またイクっ、うれションアクメもぉっ、中出しザー汁アクメ凄いのぉっ！」

「あ〜っ、最っ高ぉ！　牝穴がイッてるときのチンポ扱き蠕動が淫乱極まりないなっ」

「ふあっ、あぁんっ、イッてるときにそんなグリグリ奥をこすられたらっ、ぐひぃっ！　脳みそ弾けちゃいそうっ、ふはっ、チンポ凄いぃっ、イクっ、イクイクイクぅぅっ！」

「ははは！、垂れ流しながらイキまくれっ、それでこそ牝マゾの美穂さんだっ！」

トイレでもない場所で小水を排泄させられてきた経験が、美穂に排尿アクメという異常性癖を植え付けていた。

肛腔と同様に尿道も淫らな悦びを味わえる器官となったのだ。

「ふはぁ、気持ちよすぎて腰が抜けそう、あはぁ、た、立っていられませぇんっ」

「限界まで焦らされてからの中だしアクメの破壊力は絶大だな。一発でグロッキーか」

「とっても敏感になっているとこに、ザー汁が粘膜にとっても染み込んできますぅっ」

「その敏感になってる牝穴ならチンポの状態がわかるだろ。どうなってる？」

美穂を貫いたままの肉ヤリは少しも萎えていなかった。

絶倫を誇る剛直にしてみればこの程度は軽い準備運動でしかない。

「あふぅ、これは美穂マンコまだまだ犯されまくるの確定でぇすっ！」

「へへ、そういうこった。俺専用肉便器らしく、まだまだがんばってもらうぜ」

興が乗ってきた蓮人は邪魔な衣服を剥ぎ取って、そのまま美穂をベッドに押し倒す。

うつ伏せになった美穂の無防備な膣穴にさっそく肉棒をねじ込んでやる。

「はぁ、チンポぉっ、あふぅ、バカになっちゃうぅ、ご主人さまぁ、美穂マンコがぁっ」

「泊まりがけだと遠慮なく気絶するまでオナホにしてやれるのがいいよな」

「イッた余韻も抜けてないのに、あぁん、チンポでかき回されちゃうぅ、あぁんっ」

「美穂さんもこの程度じゃウォーミングアップだろ。締め付け具合がそう白状してるぞ」

「うぐぅ、凄いですぅ、あはぁ、も、もうチンポのことしか考えられなくなりそうっ！」

そのまま牝の快感に押し流されて人間性すら手放しかけた。

しかし、見計らったようなタイミングでスマホが鳴る。

美穂は我に返って表情をこわばらせた。

「ふぁ……んひぃ!?　こ、この呼び出し音はっ！」

「お、旦那さんからじゃん。さすがに正気に戻っちゃったか。面白い、出てやれよ」

「はぁ、あぁ、出ろなんて……こ、こんな状態で？」

「もちろん。ほら旦那さんを待たせるなよ」

勝手に美穂のスマホを手に取って、電話に出てから押しつけてやる。

ここから居留守を使うのは不可能だ。

美穂は渋々、通話に応えることにした。

「うぅぅ、も、もしもし？　え、ええ、大丈夫。ちょうどホテルに戻ったところだから」

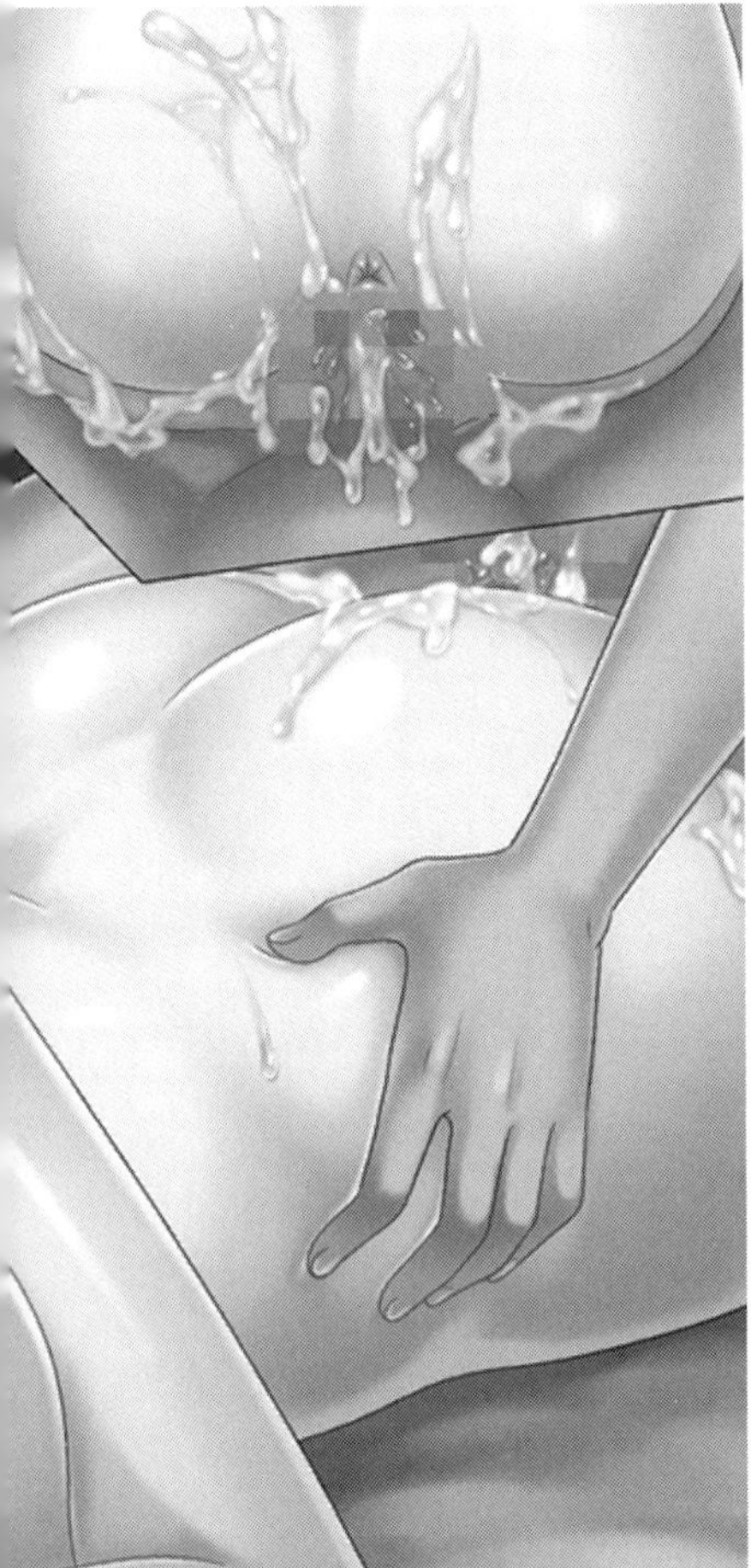

蓮人に深々と牝穴を貫かれたまま、どうにか受け答えしている。

膣肉のヒクつきが止まらない。

かなりの被虐の悦楽を感じ取っているようだ。

ここはさらに小刻みに子宮口をノックして、美穂を弄んでやることにした。

「んんぅ⁉　くむぅ、そ、そっちはどう？　もうお夕飯は済ませたの？」

旦那にバレまいと懸命に平静を取り繕っている。

もっとも身体のほうは勝手に肉棒を貪ろうとしていた。

自然に腰がくねって艶めかしいことこの上ない。

もはや意思の力では抑えられなくなっていた。それはそうだろう。

すでに中出しアクメしたことで淫蕩な牝の欲望が目覚めているのだから。

「んくぅ、いくら楽だからって、出前とか外食ばかりに頼っちゃダメよ。お義母さんにもいわれてるでしょ」

どうにか今のところは旦那に感づかれていない。

だが安心するのはまだ早い。

見れば蓮人が次のイタズラを狙っているからだ。

膣腔をねぶっていた肉棒を不意に引き抜き、返す刀で肛穴にねじ込む。

「んひぃいいぃっ⁉　んほぉおぉぉっ！」

やはり不意打ちでの腸管責めはクリティカルヒットだったようだ。

いかにも牝らしい下品な声をあげてしまった美穂は、慌てて誤魔化しにかかる。

「んむぐぅっ、ご、ごめんなさ。その、急にゴキブリが出てきてビックリしちゃって」

どうにかそれらしい理由をでっち上げた。

だがこの腸管はすでに膣腔に勝るとも劣らない淫靡で極上な性感帯と化している。

蓮人がカリ首で結腸のくびれをネチネチといじめ出すとすぐさま悶えてしまう。

「うちで見るのより倍近いサイズで黒光りもしていて、こ、腰が抜けちゃうぅ！」

排泄器官で肉棒の相手をさせられている恥辱がマゾ性を刺激して仕方がない。

まず平静を保つのは不可能だ。

美穂が音を上げるのは時間の問題で十分もったら上出来だろう。

「それで実はまだお風呂に入ってないの。悪いけど、今日はこれでおやすみなさいね」

……十秒もたなかった。

強引に通話を切って、うらめしげに甘えた声をだす。

「あぁん、ご主人さまは意地悪すぎますぅっ、ぐうぅ、もうがまんできませぇんっ！」

「なにがどうがまんできないいんだ？」

「ど、どうか美穂の汚らわしいクソ穴でいっぱいチンポ扱きしてくださいぃっ！」

「せっかく旦那さんが愛する奥さんに電話してきたってのに、その態度はどうなんだ？」

蓮人があざ笑う。

もしマゾ牝の本性に目覚める前の美穂だったらどんな反応だったか。

強制的に括約筋を引き延ばされ直腸で肉棒を扱かされる汚辱感は筆舌に尽くしがたい。

きっと反射的に夫に助けを求めてしまっていただろう。

だが、今はむしろ絶好の機会を夫に邪魔されている気分を味わっていた。

あれほど愛していたはずの伴侶を疎ましく感じてしまったのだ。

美穂は愕然とした。

同時にもう自分は戻れないところまできてしまったのだと、はたと納得に至る。

「仕方ないんですぅ、だって美穂はあの人の妻である前に、ご主人さまの牝奴隷だからですぅっ！　大事な肉便器のお仕事をないがしろにするわけにはいきませんっ！」

「牝奴隷なら仕方ないな。わかったぜ、たっぷり愉しませてもらおうか」

肛腔を深々と貫いていた肉棒の動きが派手になる。

じっくりと腸管をこね回していた剛直が、素早いピストン運動で乱暴に犯し出す。

「ぐひぃっ、おおうっ、ケツ穴裏返るぅ、チンポに引き釣り出されそうっ、あひぃっ！」

「カリ首に奥のくびれがしっかり引っかかるぜ。美穂さんの大好きポイントだろ？」

「もっとズボズボチンポぉっ、いいっ、素敵チンポにケツマンコも大悦びですぅ！」

もはや排泄行為よりも肉便器として扱われる機会が圧倒的に多くなっていた肛穴だ。

天賦のアナル性感がもたらす快楽に美穂はすっかりのめり込んでいた。

「ネットリ柔らかく絡みついてくるぜ。もう人間のケツ穴とは思えない感触だ」

「あぁっ、毎日のようにザー汁処理で鍛えてもらったおかげですっ！　太くて硬くて大きいのぉっ、奥までチンポ感じますぅ、カリ高勃起チンポいっぱいシコシコしますぅっ！」

「めっちゃケツ穴が張り切ってるな。でもこのままじゃ前が寂しいだろ」

すかさず肛腔から蜜壺へとトンボ返りした。

「あぁぁんっ、ありがとうございますっ、美穂マンコも大感謝ですぅ、あはぁっ！」

「旦那さんと話してるときでもここは貪欲に吸い付いていたな」

「ふぅ、くはぁっ、恥も外聞もない牝穴でごめんなさいぃっ、あぁん、でもチンポがよすぎてぇっ！　美穂のチンポ好きは異常者の烙印を押されても文句いえませぇんっ！」

ベッドのスプリングがギシギシと弾むほどの勢いで肉棒を打ち込まれる。

そのたびに落雷を受けたような快感が子宮で弾ける。

美穂は牝の本能のままに荒々しい男根に心酔していく。

「蕩けちゃうぅ、子宮も痺れまくりぃっ、いいのぉっ、ご主人さまもっとぉっ！」

「へへ、美穂さんには自分から進んで浮気マンコを愉しんでる自覚はあるのか？」

「いっちゃイヤですぅ、チンポが凄いから、見栄を張ることもできないのぉっ！」

「じゃあしっかり聞かせてもらうぜ。ほら浮気マンコが最高ですって叫んでみろっ」

「子宮にチンポ連打ぁっ、凄いぃっ、浮気マンコが最高っ、チンポ最高ですっ！」

魂すら情欲に染め上げる快感により夫への罪悪感はいっさいなくなっていた。

深い愛情や尊敬の念も、まるで他人の記憶を眺めていたかのように実感がない。

今の美穂の心を占めているのは蓮人に対する狂おしいまでの被虐欲のみだった。

「旦那さんより俺のチンポを選んだ時点でもう美穂さんだって理解してるハズだもんな」

またしても秘窟から肛腔へと肉棒のターゲットが替わる。

平常時は肛門もキュッと閉じている。

それも激しい肛姦の直後ではポッカリと口を開けっぱなしになってしまう。

今は充血した腸壁を丸見えにしていた。

たくましい男根を待ってましたとばかり、当然のように腸管で付け根までひと呑みだ。

「ふおぉおぉっ、またケツ穴ぁっ、あぁん、ケツマンコもありがとうございますぅっ！」

「チンポがうれしくてたまらないって、はしゃぐような締め付けだぞ」

「くぐぅ、頭の中で火花が散って目の前もチカチカしますぅ、恥ずかしいけどクソ穴で感じまくりですっ！　ふはっ、だから美穂のケツ穴はオナホなんですぅっ、あぁぁっ！」

自分は男性の性欲処理のために存在する卑しい牝なのだ。

そう認めると、不思議なほど心が晴れやかになる。

心身を穢されるレイプに恥辱の涙を流していたかつての自分に教えてやりたい。

美穂は生まれ変わった。

人間とは違う牝奴隷という汚らわしい性欲処理用生物へと進化したのだ。

「チンポスッキリするためのザー汁吐き捨て穴が美穂のケツマンコなんですぅっ！」

「牝穴とは違った乱れかたするのが可愛いよな。ほ～ら、角度を変えてやると……」

「くはぁっ、腸壁越しの子宮責めですねっ、あひっ、横からチンポ当たってるううぅっ！子宮口とは違った電気がビリビリ背筋に流れてっ、んおぉっ、狂っちゃうぅっ！」

「へへ、もっと大きな声でっ、どこが気持ちいいのか牝らしく吠えてみなよっ」

美穂が心から背徳の快楽に酔いしれているのが蓮人にもわかった。

腸管が淫らな蠕動で肉棒に絡みついてくる。

結腸のカリ首扱きも、すでに条件反射の域に達している。

牝のアナルは性交のために存在している生殖器なのだと自らの肉体で証明していた。

「くはっ、あぁっ、ケツ穴気持ちいいですっ、ケツ穴の皺がなくなるくらい太くて大きいチンポがいいのっ！　ふひぃ、人妻なのに美穂はぁ、肉便器にされてクソ穴でも感じまくってますぅっ、ふおっ、おほぉおぉっ！」

「いいねぇ、やっぱ美穂さんはチンポとの相性が最高だぜっ、ま、でも牝といったらやっぱ孕ませだよなっ、ボテ腹にしてこの牝は俺のモノだって周りに教えてやるぞっ」

肉棒の昂ぶりで睾丸がせり上がる。

尿道も甘く痺れてきた。

肛腔を好き勝手に蹂躙《じゅうりん》していた肉棒をまたしても膣穴にねじり込む。

「美穂マンコにチンポお帰りなさいっ、ぁはぁっ、ビンビン極悪チンポですぅっ！」

「このまま中出ししてやるぜっ、さあ美穂さんっ、牝のマナーは忘れてないよな？」

「あっ、ぁっ、夫を裏切ってオナホマンコでザー汁処理させていただきますぅっ、どうかご主人さまぁ、人妻失格の肉便器でぇ、孕ませ遊びしてくださいぃっ、くはぁっ！」

避妊なしでの膣内射精は常に妊娠の恐怖がつきまとう。

それだけに積極的な孕み乞いはマゾ性感にとって甘露な快感としかならない。

「おっと肝心の肉便器の名前を言い忘れてるぞっ」

「んはっ、肉便器は美穂ですぅっ、ご主人さま専属ザー汁処理牝奴隷の美穂でぇすっ！」

「グイグイ締め付けやがって、そんなに子種がほしいならたっぷりくれてやるぞっ」

「すっかり子宮は発情済みですぅっ、夫を裏切って寝取りチンポの虜になった美穂マンコに子種タップリの特濃ザー汁中出しお願いしますぅっ！」

心からうれしそうに孕まされようとしていた。

極上の牝への種付けは牡にとってなによりの勝利の証だ。

「よ～しっ、込み上げてきたっ、出すぞっ、孕め美穂さんっ、孕めっ、孕みやがれっ！」

「あっ、あっ、美穂マンコめった突きされてますぅっ、気持ちよすぎぃいいぃっ！」

肉棒の切羽詰まった脈動を感じ取って、美穂は乙女のような胸の高鳴りを覚える。

妊娠してしまったら決定的に後戻りできなくなってしまう。

これまでは絵に描いたような女の幸せを歩んできた。

それが蓮人に犯されたがために順風満々な勝ち組人生と決別することになる。

あとは、ひたすら暴君の慰み者としてすごす肉便器生活に堕とされてしまうことだろう。

「あぁんっ、たまりませんっ、あひっ、キンタマも発射態勢ですぅっ！　くださいぃっ、このまま子宮にぃっ、子種くるぅっ、浮気マンコで孕まされちゃうぅぅっ！」

「出すぞ、美穂さんっ！　美穂さんは俺のモノっ、孕めっ、孕めっ、うおおぉおぉっ！」

力いっぱい腰を密着させて鈴口を子宮口に密着させる。

欲望の限りの獣性をこれでもかと大量に解き放った。

美穂の全身が弓なりに仰け反る。

「イッくううぅっ、くはっ、チンポいいぃっ、イキまくりマンコぉおおぉっ！　あぁん、たっぷりザー汁ぅっ、くはっ、チンポに屈服ぅうぅっ、またイクイクイクぅうっ！」

「おおぉっ、旦那さんより俺を選んで正解だったなっ、ほらもっと味わえっ！」

「いいいぃっ、こってり特濃なのぉっ、もっと出してぇっ、ドピュドピュザー汁ぅうぅっ！　子宮でイキまくりぃっ、美穂マンコが勝手にチンポ扱きしちゃいますぅっ！」

「なんだ早速おねだりか？　イキながら次の子種をほしがるなんて貪欲な牝だぜっ」

射精するたびに膣壁が強烈に収縮して肉棒に貪りついてくる。

多段締めの絶品肉壺は尿道に残る精液を一滴残らず搾り取ろうとしていた。

「ふほぉおぉっ、絶倫チンポぉぉっ、熱いっ、まだまだザー汁責めが終わりませんっ！」

「くうぅっ、キンタマがジンジン痺れるぜっ、ほらコイツだろっ、子種を喰らえっ！」

女体は派手な痙攣《けいれん》を続けている。

それだけ美穂が大きな絶頂を味わっていることを物語っていた。

男根によって仕留められ、今まさに牝として屈服させられてしまったのだ。

美穂は荒い呼吸を繰り返しながら全身をこわばらせていた。

程なく、強烈な絶頂の波が治まると大きく息を吐く。

「はぁ、はぁ、はぁ……っ、今のだけで十回以上は軽くイッちゃいましたぁっ！　やっぱり美穂マンコはご主人さまに逆らえない屈服牝奴隷マンコですぅ、はぁ、あぁっ」

「美穂さんは身も心も俺のモノで淫乱マゾ体質だって俺のモノになるためだしな」

「んんぅ、優しいだけの夫では、こんな惨めでゾクゾクくる妖しい快感は……っ」

理屈では今もなお自分と夫は夫婦なのだ。

蓮人との秘め事はとても倫理的に許されない不徳の関係なのだとわかっている。

夫としてなにひとつ落ち度がない男性を裏切ることに、少なからず抵抗感を覚えた。

「俺だから美穂さんを満足させてやれるんだ。だからしっかり俺の子種で孕もうな」

「どのみち、もう美穂はご主人さまに逆らえない身体にされてしまいましたぁっ」

「ははは、夜はこれからだ。さぁ美穂さんの身体を貪り尽くしてやるぜっ！」

蓮人は肉棒を抜くこともなく、美穂に休む間を与えずに抽挿を再開する。

膣腔も肛腔もどれだけ犯しても飽きない。

高級シリコンにも負けない艶めかしい弾力をもった肉穴だ。

好きなだけ射精しても、いくらでも精液を呑み込んでくれる。

小水だって中で放尿し放題だ。

そして、気づけば窓の外が明るくなっていた。

「み、美穂マンコの中出しアクメぇ……あぁん、もう数えきれませぇんっ！」

「すっかり息も絶え絶えだな。俺も何回出したかもう覚えてないや。へへ、今日も仕事があるってのに、美穂さんも大変だな」

「もうお仕事のこととかどうでもいいですぅ、チンポのことで頭がいっぱいでぇっ」

「悪いが、そうはいかない。この出張は仕事中のセクハラも楽しみにしてたんだし」

美穂の都合はお構いなしだ。

一方的に肉便器扱いしておいてこのいい草である。

だがそうした無理強いこそが、重要だった。

牝に堕ちた美穂のハートをときめかさずにはいられない。

美穂は絶頂のしすぎですっかり腰が抜けてしまったようだ。

それでもどうにか上体を起こして蓮人にしなだれかかる。

そこにはまるで情事に満足しきった娼婦のような淫らさがあった。

これまで中出しされてきた精液が膣穴と肛門から失禁のようにダラダラとあふれ出す。

「んく、あぁ、ご主人さまがそうおっしゃるなら……がんばってお仕事しますぅっ」

「なに、しばらくすれば休日もあるんだし、そのときはハメまくり地獄で美穂さんをザー汁漬けにしてやるから愉しみにしてなってさ」

「はぁ、あぁ、そ、そんなに……っ、それ絶対、美穂の身体が取り返しの付かないことになりそう……っ」

自らの欲望に負けて夫を裏切ってしまった。

その事実により美穂の中にあった最後のタガが外れてしまったのだろう。

その声は、後ろめたさを匂わせつつも、隠しきれない淫らな期待感がにじみ出ていた。

第七章　歓喜の孕ませ寝取り

今回の出張は仕事中でもハメあうチャンスが意外なほど多かった。

おかげでかなり楽しいことになっている。

一例を挙げてみよう。

視察先の応接室に通されて責任者がやってくるまで待つことになる。

それまでのわずかな時間に、蓮人はさらっと騎乗位を命じてみせる。

「四十秒でイカせなっ」

「はいっ、ご主人さま、ただちにっ！」

蓮人の無茶ぶりに美穂は素直に応じる。

来客用ソファにふんぞり返っている蓮人のズボンからファスナーを下ろした。

取り出した肉棒はすでにギンギンに勃起している。

美穂は下着の股間部分を横にずらしながら躊躇《ちゅうちょ》することなく秘窟で呑み込んだ。

「んんぅっ、美穂マンコでチンポ扱きまぁす♪　ふぅ、んっ、んっ、んはぁっ！」

蓮人に抱きつき素早く腰を振る。

膣肉の動きは牡を射精させるための刺激を的確に繰り返していた。

「美穂さん、そのままチューして。ほら、熱烈にチュ～って」

「はい、おまかせください、んちゅ、れろろ、ちゅ、んちゅぅ、チンポシコシコこのとおりでぇす、ちゅ、れろろ、美穂マンコでザー汁処理どうぞぉ♪」

常に愛液で潤っている秘窟は早くもグチュグチュと卑猥な音を響かせていた。

度重なる美穂との睦言で蓮人は的確な射精コントロールのすべを身につけている。

この場では特に美穂を焦らす意味はない。

さっさと精を放つことにした。

「あぁんっ、奥で熱いチンポミルクが弾けてますぅ、はぁ、あぁっ、んんんぅっ！」

美穂もまた細かく肢体を痙攣《けいれん》させ、甘い絶頂感を味わっていた。

蓮人の射精が治まると、美穂はすかさず身を離す。

膣口をピッタリと閉じて膣内の精液は一滴たりともこぼさない。

そそり勃ったまま愛液まみれでヌラヌラと濡れ光っていた。

美穂は肉棒にしゃぶりつき、舌で綺麗に清めてからズボンの中に肉棒を戻す。

自身のスカートの乱れをさっと直し、蓮人のとなりに腰掛ける。

すると、数秒のタイミングの遅れで応接室のドアが開いた。

「お待たせしました、送れて申し訳ありません」

「いいえ、お気になさらずに。少しも待たされていませんでしたから」

本当はギリギリセーフではあったが、担当者は知るよしもない。

しれっと答える美穂の表情には、ほんの少し前の情事の気配はみじんもない。

もっとも、平静に見えるのは表面上だけだ。

中出しされたばかりの精液が子宮に染み渡る。

その感触によって牝の官能をジリジリと炙り焦がされていた。

危うく蓮人に肉便器奉仕している場面を見つかっていたかもしれない状況も、たまらなく美穂のマゾ性を刺激していた。

このようにふたりは、意図して危険な遊びに興じていたのだ。

ほかにも、社内でトイレを借りる体で個室に美穂を連れ込んだりもした。

バスを利用すれば最後尾の死角でフェラ奉仕がお約束だった。

ふたりとも仕事は仕事として業務をこなしつつ、そろってスリル感を愉しんでいた。

当然、ホテルに帰ってからはここぞとばかりヤリまくりだ。

おかげで美穂は常に発情しているも同然だった。


そして休日。

あらかじめ蓮人が宣言していたとおり、普段にもまして激しい凌辱奉仕が待っていた。

ルームサービスを頼み、あえて美穂に全裸で対応させる程度は序の口だ。

蓮人はこっそり隠れて、美穂が従業員に対応する様子を撮影している。

室内の電話から注文をして、待つことしばし。

トレイに軽食と飲み物を乗せた従業員が入室してきた。

「失礼します。ルームサービスです」

「あ、あら、ありがとう。こんな格好でごめんなさいね。私、室内では常に全裸派なの」

「⁉」

美穂が素っ裸であることにまずギョッとした。

だがそこはプロのサービスマン。

平静を装い、礼儀正しく振る舞っている。

「ご注文いただいたお食事は、こちらのテーブルに置かせていただきます」

「ご苦労さま、助かるわ。オナニーしてると、どうしても小腹が空いてきちゃって」

「……はい？」

「だから、オナニー。私って重度のオナニストなのよ。あ、オナニーって知らない？」

「い、いえ、さすがにそんなことは」

従業員が美穂に向ける目が、あきらかにドン引きしていた。

とんでもなくヤバい客に当たってしまったと、早くも後悔の色を浮かべている。

もちろん、美穂の痴態は蓮人が命じて演じさせている。

美穂も美穂で牝の羞恥心《しゅうちしん》を刺激されて、かなりの興奮状態のようだ。

すっかり、ノリノリになっている。

「そうだ、ちょうどいいわ。ちょっとお願いしていいかしら？」

「はい、な、なんでしょうか」

「実はアナルオナニーしていたら、使っていたディルドゥが取れなくなっちゃって」

「はぁ？」

「だからアナルオナニーよ。ロングタイプで愉しんでいたらズッポリ奥まで……」

そこで美穂は後ろを向いて従業員に大きな尻を突き出す。

両手で尻たぶを割開くと、肛門からなにやらぴょこんと頭を出していた。

「ほ、ほら、お尻からディルドゥの端が出てるでしょ。これを引っ張ってほしいの」

「…………」

従業員はなんともいえない顔つきになっている。

ドン引きをとおりすぎて、精神異常者を見る目になっていた。

だがそれでも、やはり彼はプロのサービスマンだった。

美穂の要望に応じる構えを見せる。

「こ、これを引っ張ればよろしいのですね？」

「ええ、お願いします。ただ、ゆっくりね。いきなり全力だとお尻が裏返っちゃうから」

「わかりました。そ、それでは……」

恐る恐る、引っ張り出した。

ディルドゥはローションまみれで、肛門から抜けてくる部分はヌラヌラ濡れ光っている。

「んんぅ、そ、そうよ、ゆっくり……っ、はぁ、くうぅん、とっても上手よ……っ」

肛門粘膜を刺激されて、美穂は悩ましい声を抑えられずにいた。

一方の従業員は、一刻も早くこの頭のおかしい女から離れたそうにしている。

ズル、ズル、と軟質素材のディルドゥが姿を現してくる。

だが、ほどなく従業員は怪訝《けげん》な表情を浮かべた。

肛門から抜け落ちてくるディルドゥの終わりが見えないのだ。

すでに手元には二十センチほど露出している。

「え、あ、あの？」

「どうしました、続けてくださらないかしら？」

「は、はあ、それでは」

ズル、ズル、ズル。

露出しているディルドゥは三十センチ近くなっているが、まだ終わりが見えない。

ズル、ズル、ズルル。

いよいよディルドゥは五十センチを突破していた。

従業員はまるで妖怪か化け物でも目にしたように、泣きそうになっていた。

「はぁ、あふぅ、お願いもっと……っ、ケツ穴いいぃ、もっと抜いてっ、もっとぉっ！」

ズル、ズル、ズル、ズルルルゥ、ズルンッ！

「あひぃっ！　ケツマンコアクメぇぇぇぇっ！　くはっ、はぁっ、あはぁ♥」

従業員の手には一メートル近いディルドゥがブラブラと揺れていた。

「はぁ、はぁ、あはぁ、ありがとう。それ、その辺にでも置いておいてください」

「は、はい。では、もうご用はお済みですね？」

今すぐにでも踵《きびす》を返そうとしていた。

「あん、お待ちになって。とってもお上手でしたから、チップを受け取ってください」

美穂は一万円札を手に取ると、直接ではなく両胸に挟んで差し出した。

「さあ、どうぞ、ご遠慮なく♪」

「いえ、遠慮させてください」

これ以上、絶対に関わりあいたくないと目が訴えている。

しかし、美穂は身体をすり寄せ、従業員の手を取る。

そのまま強引に胸の谷間に手を突っ込ませた。

「ちょっ、お、お客さま⁉」

「くす、受け取ってください。頭がおかしい女がいたと、いいふらされても困りますし」

「お客さまのプライバシーは絶対に口外しませんので、ご安心ください」

「それはそれ、これはこれですわ。私を安心させると思って、さぁ」

美穂は従業員を解放する気配は見せない。

先に根負けしたのは従業員だ。

これ以上、この場に残っていたら、またなにかおかしなことを頼まれるかもしれない。

だったら大人しくチップを受け取って、すぐにこの場を去るほうが正解だ。

「わかりました。お心遣い、ありがとうございます」

一万円札を手に取り、そそくさと退出していった。

その場に残された美穂は、糸が切れたように膝を突き、ブルブルと身震いする。

「くうぅ、んはぁ、はぁ、あはぁっ、恥ずかしすぎて頭がおかしくなりそうっ」

「よくやった、美穂さん。とってもドエロい絵が撮れたぜ」

「はぁ、はぁ、ご主人さまぁ♪　美穂はあれでよかったんですねぇ？」

「もちろんさ。がんばったご褒美をやらないとな」

見れば美穂の肛穴はポッカリ口を開けたまま、絶頂の余韻でヒクついていた。

かなりの食べごろといえよう。

「よし、俺のチンポで一時間連続ケツマンコアクメにチャレンジといこうか」

「あはぁ、本当ですかっ、うれしいっ、美穂のケツ穴肉便器にお使いくださいっ！」

美穂は犬のように四つん這いになって、肛門を蓮人に差し出した。

蓮人の剛直が肛腔を貫くと、先ほどとは比べものにならない嬌声が響き渡った。


ふたりのセックス遊戯はまだまだ続く。

美穂は自分の痴態を他人に見られる快感にすっかりハマっていた。

元からそのケがあったのだが、牝奴隷にされたことで一気に開花したというわけだ。

性的な辱めに羞恥心を刺激される感性に変わりはない。

変わってしまったのは価値観だ。

人間にとって厭うべきものが牝奴隷にとっては甘露な恵みとなる。

美穂は新たな命令を蓮人から受けて部屋から廊下に出た。

上下ともかなりきわどいカッティングの扇情的な下着姿だ。

乳房の乳輪や股間の割れ目が透けて見えている。

あきらかにセックスアピール目的のデザインだ。

しかも今は不自然に股間部分が盛り上がっている。

膣穴と肛門に極太のバイブが挿入されていることがひと目でわかった。

「はぁ、はぁ、えっと……このままフロントカウンターまで行くのよね」

官能で霞みがちの脳裏で蓮人の指示を思い出す。

二本のバイブは派手に振動している。

少しでも気を抜いたら、快感に流されてその場でオナニーショーを演じてしまいそうだ。

軽くへっぴり腰になりながら、よたよたとエレベータを目指す。

その途中、別の部屋のドアが不意に開き、室内から中年と思わしき女性客が出てきた。

「きゃぁっ⁉」

美穂を目にしてビクリとあとずさった。

まさか下着姿の女性が歩いているとは思わなかったのだろう。

「ふふ、こんな格好でごめんなさい。うっかりオートロックで締め出されまして」

「まあ、そうでしたの。それはお気の毒に……あら？」

同情的だった女性客が美穂の股間に異物が埋められていることに気がつく。

たちまち汚物でも見るような目つきになった。

これが男性客なら好色な目線になったかもしれない。

だが同性には美穂の痴女そのものな色香は通用しない。

むしろ、より強い嫌悪感や敵意を抱く女性が大半だろう。

「頭おかしいんじゃないの。この変態っ」

汚らわしくて関わりたくないとばかり、顔をしかめてどこかへ行ってしまった。

同性からの侮蔑の言葉は、ある意味、男性に罵られるよりも深く心を傷つけられる。

つまり、牝マゾにはたまらないご褒美ほかならない。

「くうぅんっ！　んはっ、はぁ、あはぁ、やだ私ったら、軽くイッちゃった♪」

きゅうっと膣穴と肛門が収縮し、バイブを食い締めてしまった。

ますます淫らな快感が強くなり、意識が飛んでしまいそうだ。

「はぁ、あふぅ、だ、ダメよ。ちゃんとご主人さまの命令に従わないと」

かぶりを振って、牝奴隷の使命感を奮い立たせた。

エレベーターで一階に降りる。

懸命に絶頂をこらえているため、バイブの二穴責めで息も絶え絶えだ。

どうにかフロントカウンターまでたどり着いた。

「す、すみません。うっかりオートロックで部屋に戻れなくなってしまったのですが」

「かしこまりました。では合鍵でドアを開けますので、私が同行させていただき……」

従業員にしてみれば、よくありがちなトラブルなので、対応も慣れたものだった。

しかし、相手が股間から激しいモーター音を響かせている女性客となれば話は別だ。

ハッキリいって前代未聞である。

一瞬、表情が固まった。

「……わ、私が同行させていただきます。それでよろしいですか？」

「はい、ぜひお願いします。早く戻らないと、色々と限界なので」

美穂ののぼせたような表情は、すっかり発情した牝のそれだった。

この場で対応してくれた従業員は女性だった。

美穂にしてみれば、また極上の侮蔑を味わえるかもしれないと、胸が躍ってしまう。

接客のプロである従業員は、今のところは平然としたポーカーフェイスだ。

破廉恥な美穂を前にしても、先ほどの女性客のように感情を露わにしない。

そのままふたりは宿泊部屋に向かうことになった。

その途中、美穂と従業員はエレベーターに乗る。

ほかの乗客はいないのでふたりきりだ。

ここでまた、美穂は蓮人に命令されていた行動に移る。

「あ、あの、ちょっとお願いがあるのですが」

「はい、なんでしょうか」

「お股とお尻のバイブを止めてもらえませんか。実は私、機械の操作が苦手なもので」

「え、いや、そんなこと頼まれましても」

「どうかお願いしますっ、さっきからもう、つらくて、つらくて……っ」

「その……それでしたら抜いてしまえばいいのでは？」

ごく常識的な提案だった。

だが、それこそ美穂には想定内で、待ってましたとばかり表情を輝かせる。

「抜いてしまうなんてとんでもないですっ」

「ど、どうしてですか？」

「もちろん、大変なことになってしまうからですっ」

被虐の予感に心臓が激しく脈打つ。

自分がどれだけド変態マゾの痴女なのか、赤の他人に聞いてもらえる絶好のチャンスだ。

「美穂の淫乱マンコには絶倫チンポ十回分のザー汁が詰まってますっ、さらに拡張済みアナルには母乳二リットルとご主人さまオシッコのブレンド滋養液がお浣腸されてます！」

「はい？　え？　はい？」

「バイブは栓なんですっ、今、抜かれたら全部一気に吹き出して、床がドロドロに汚れてしまうんですぅ♪」

「待ってくださいっ、それは困りますっ」

美穂がなにをいってるのか理解が追いつかない従業員だが、それでもホテルの施設を汚されそうになっていることはなんとなくわかった。

こうなると美穂の勢いに負けて、ついつい状況に流されがちになってしまう。

「じゃあバイブを止めてもらえますねっ、はいっ、お願いしますっ」

有無をいわせず下着を膝まで下ろして、従業員に尻を向ける。

「ひっ⁉」

美穂の膣穴と肛門に挿入されているバイブはどちらも極太だった。

目算で直径五センチほどはありそうだ。

同じ女性として、従業員はそれがどれだけ異常な光景なのか瞬時に理解した。

少なくとも自分の膣穴にこんなものを突っ込んだら確実に裂けてしまう。

まして肛門になんて問題外だ。

「はぁ、あぁん、早く止めてくださいぃ、バイブが激しくて、い、イッちゃいそう！」

「わ、私にそんなことといわれましてもっ」

「くうぅ、イッたら身体に力が入らなくなってバイブがズルッと抜け落ちちゃいますっ」

「そんな、待ってくださいっ、ううぅ、わかりました、止めればいいんですねっ」

迷っている暇はない。

だが、いざマジマジとバイブを目にすると、そこで手が止まってしまう。

「これはどうやって操作するんですか？」

「はぁ、あふぅ、私にもわかりませんっ」

「そんなっ、じゃあどうしたらっ」

「んんぅ、バイブの底にボタンがありますよね。あひっ、たぶん、それを押すのかと」

いわれてみると、確かにそれ以外に操作できそうな部分はなかった。

だが、それは意図的に仕組まれた罠だ。

底のボタンはバイブの動きや強弱を制御するためのものだった。

「で、では、とりあえず押しますよっ」

「あぁん、早くぅ、早くぅっ！」

まずは膣穴に刺さっているバイブのボタンをカチリと一回押した。

激しく振動していたバイブは、いきなり大きくくねり出す。

「きひぃいっ、美穂マンコかき回されるううっ、ダメぇっ、ダメぇっ！」

「きゃあっ、ごめんなさいっ、え、あれ、違うの？」

慌てて、二度、三度とボタンを押すが、事態は悪化する一方だった。

「あぁっ、あひぃっ、凄いぃっ、美穂マンコ壊れそうぉっ、んはっ、あぁっ！」

「なんでっ、どうして止まらないのっ」

「あっ、あっ、前が止められないならせめてお尻をっ、お尻のバイブをどうにかしてっ」

「お尻ですね、わかりましたっ」

従業員もかなり慌てているようで、簡単に美穂の誘導に引っかかってしまう。

もちろん、肛腔でもバイブが派手に暴れ回ることになる。

「おぐぅっ、おほぉおぉっ、ケツ穴ぁっ、突き上げられるぅ、ぐはっ、あぁんっ、美穂マンコのバイブと中でぶつかりあってるっ、激しすぎるのっ、イッちゃいそうっ！」

「あわわ、床を汚されるのは困りますっ、どうにかガマンしてくださいっ」

「ひぃ、くはっ、無理ですっ、ザー汁かき回されてるっ、お浣腸もかき回されてるぅっ」

蓮人に嬲《なぶ》られるのとは、また違った被虐感がたまらなかった。

このまま昂ぶる快感に身を任せて、本気の牝マゾアクメしてしまいたくなる。

だがそれは蓮人に禁じられていた。

あくまで今回のプレイは焦らし責めの一環なのだ。

「わ、私はどうしたらっ」

「ぐううぅ、じゃあ漏らしてしまわないようにバイブを押さえてくださいっ」

「そうかっ、そうですねっ」

「お部屋に戻ることができればどうにかなりますっ、グイグイ押し込んでくださいっ」

美穂に促されるまま、従業員は秘窟と肛腔のバイブを固定する。

それは焦りのせいかかなり乱暴な手つきになってしまった。

暴れ回っているバイブがさらに膣腔と腸管を厳しく責め立てる。

「あぁあっ、ぐひぃっ、おかしくなるぅっ、美穂マンコとケツ穴ぁ狂っちゃううっ！」

「落ち着いてくださいっ、早くお部屋に向かいましょうっ」

「ひぃ、ひぃ、凄すぎて歩けませんっ、あっ、あっ、このままじゃ……っ」

「どうにかがんばってくださいっ、お部屋までそんなに遠くありませんからっ」

従業員が背中を押して、少しずつ美穂を前に進ませていた。

美穂にしてみれば無理やり歩かされて追い立てられている気分だ。

廊下だろうがお構いなしに派手な喘ぎ声を漏らしてしまう。

ようやく部屋の前まで戻ってきたときには、全身汗だくで息も絶え絶えだ。

「い、イッちゃうぅっ、イキたいのぉっ、お願いイカせてっ、意地悪しないでぇっ」

「ほら、着きましたよ。オートロックを解除しますから、さあ部屋に戻って」

ドアを開けると、美穂を促した。

従業員はこれで義務は果たしたとばかり、大きくため息をつく。

「お客さま、次はお気をつけください。あまり酷いようですと出入り禁止になります」

きっちり釘を刺してから、自分の業務に戻っていった。

美穂はフラフラになりながら、どうにか部屋に入る。

室内のベッドに蓮人が腰掛けてニヤニヤ笑っている。

「どうだった、美穂さん。その様子だとかなり愉しんできたらしいな」

「はぁ、はぁ、ご主人さまぁ♥　チンポぉ、あはぁ、美穂にチンポお恵みくださぁい♥」

「慌てるなって。身体がどんな感じなのか教えてくれよ」

「あぁん、美穂マンコ熱くて火が付きそうぅ♪　ケツ穴もジンジン感じちゃうぅ♪　お浣腸された母乳でお腹がゴロゴロなって苦しいでぇす♪」

美穂の股間では、まだバイブが派手に暴れ回っている。

蓮人の許可がないため、勝手に抜けずにいるのだ。

「なるほど、美穂さんがチンポのことしか考えられなくなるわけだ」

「はぁい、そうですぅ、だ、だからくださいぃ、あぁん、ご主人さまぁ♥」

「いいぜ、ただしまずは口マンコで一時間、チンポをしゃぶり続けてからな」

「あぁん、美穂はまだまだ焦らされるんですねぇ、お預け調教厳しすぎますぅ♥」

美穂はうっとりした顔つきで、蓮人の股間に顔を埋めた。

当然、その後の美穂の乱れようは酷いとしか形容しようがないほどだった。

肉便器に使ってやると、ケダモノのような低いうなり声めいた嬌声を部屋中に響かせた。

夜闇の空が白み始めたあたりで、蓮人はようやくひと息つく。

夕べからの汗をシャワーでさっと流し、そのまま美穂もバスルームに呼びよせる。

「美穂さんもだいぶ汗をかいただろ。俺が洗ってあげるからこっちにおいで〜」

「ホントですか？　は〜い、ただ今参ります〜♪」

いそいそと、まるで初々しい新妻のように蓮人に従う。

まだまだ官能の余韻が抜けきっていないせいか、普段の理知的な面影がまるでない。

「あふぅ、ご主人さま、よろしくお願いします」

美穂は大人しく身体を預ける。

シャワーといっしょに蓮人の手が全身をイヤらしくまさぐっていた。

乳首や肉芽をくすぐられるのは当たり前で、深く肛門に挿入した指が腸管をかき回し、その指をそのまま犬のように舐めさせたりしても、美穂は幸せそうな笑みを浮かべたまま従順な態度を崩さない。

「自分で気づいている？　今の美穂さんって牝のフェロモンがムンムン溢れてるぜ」

「これだけ毎日チンポ漬けにされたら当たり前です。仕事するための出張のはずが、もう肉便器に使われるためなんじゃないかって思えてきましたし」

「ちょっと前じゃ想像もしていなかった夢のような生活だろ」

シャワーをかけてやりながら豊満な乳房を持ち上げるように揉みしだく。

美穂は心地よさそうに目を細め、猫が甘えるように頬をすり寄せた。

ごく普通の倫理観を持った女性なら夫と子供がいるのに避妊なしで犯され続けて、結局は男根に逆らえない牝奴隷に躾《しつ》けられてしまったら悪夢としか思えないだろう。

「ふふ、でもそうわかっているはずなのに、ちっともイヤじゃないんです、あふぅっ」

「根っからの淫乱なマゾ牝だって自分の本性を受け入れられるようになったからだな」

「はい、ご主人さまのおかげです。この絶倫チンポでなければ美穂はずっと勘違いしたままでした。美穂の幸せは温かい家庭の奥さんじゃなくて、隷属させられてモノ扱いされる肉便器妻……あはぁ……っ」

美穂が幸せそうに吐息を漏らす。

秘裂がヒクつき濃厚な体液があふれ出す。

精液と愛液が混じりあった淫臭がムッとバスルームに立ちこめる。

「おいおい、洗ってやってるそばからヌルヌルを溢れさせてどうする」

「だってぇっ、それは美穂の身体が孕まされるのを望んでいるからですぅっ」

「ははは、旦那さんがいるからって、あんなに嫌がってたクセに手のひら返しすぎだろ」

「んふ、これがチンポに完全屈服した惨めな牝の姿です」

まるで恋する乙女のように恥じらう。

もっともその本性はふしだら極まりない淫乱マゾだ。

口元に浮かぶ笑みは、チロリと口唇を小さくなめ回す淫婦のものでしかない。

「ご主人さまの肉便器にふさわしい、もっともっと惨めな姿になりたいです」

「そうだな。そろそろ本格的に美穂さんを寝取りのボテ腹にしてやる頃合いかもな」

「はい、美穂からもお願いします。機は熟したと思います。どうか浮気マンコに種付けしてくださぁい♪」

美穂もすっかりノリノリだった。

そこで蓮人はさらにテンションを上げてやるべく、美穂に装飾を施す。

本来なら隠さなければいけない部分にハート型の穴が空いている淫乱下着だ。

　この下着ならば身につけたまま母乳絞りをしたり膣穴や肛門で肉便器遊びをしたりと、かなり自由に美穂を弄《もてあそ》んでやることが可能だろう。

「あぁん、こんな下品な下着なんていつのまに買っていたんです？」

「よく似合ってるぜ。これから孕まされる牝奴隷って雰囲気がよく出てる」

「そうですね。なんだか子宮がムズムズして落ち着かないような……あぁ、これ覚えがあります。初めて妊娠したときがこんな感じでした。今なら確実に孕む気がしますっ！」

「そりゃいい。だったらまずは景気づけと栄養補給だ。喉マンコで奉仕してもらおうか」

　昨日から何十発と射精しているはずな

のに蓮人の男根は雄々しく起立している。

まさに無尽蔵の精力を誇る肉棒を目の当たりにして、美穂が表情を輝かせた。

「ええ、悦んで♪　では失礼しますね」

蓮人の足下に正座して美穂はうやうやしく肉棒を見上げた。

「あぁん♪　もうこんなに硬くしてっ、ご主人さまの本気を感じますぅっ！」

「もともと美人な美穂さんがチンポをしゃぶってるときの顔ときたら最高だからな」

「征服感がたまらないんでしたっけ。ふふ、この反り返り具合が傲岸不遜ですよね」

「それだけ美穂さんに魅力があるってことだろ」

その辺のどこにでもいるような女だったら犯してでも手に入れたいとは思わなかった。

例え鬼畜外道の烙印を押されたとしても、自分のモノにしてしまいたい。

進む先が身の破滅しかなかったとしても、それだけの価値が美穂にはある。

そんな蓮人の妄執としかいえない身勝手な愛情を向けられて、怖気を感じるどころか多幸感を覚えてしまうのが今の美穂という牝だ。

「はい、ご主人さまの牝奴隷にしていただけで、美穂はとても幸運だと思います」

「んじゃ、その感謝の気持ちと服従の証を態度で示してもらうぜ」

「お任せください、では失礼して……あむぅ、んちゅ、ちゅ、れろろぉんっ！」

パクリと亀頭を口に含み、舌で丹念になめ回す。

すっかり慣れ親しんだ口腔奉仕で、その時々の匂いと味の違いを愉しむ余裕すらあった。

「んふぅ、しょっぱい我慢汁がもうこんなにたくさん、れろろ、ちゅるるぅっ」

「俺は知らないけどザー汁とはまた違った味なんだろ」

「ええ、ちゅるる、我慢汁はとても素朴な味わいですが、れろろ、ザー汁は野性味溢れるビターな塩味の中にほのかな甘みもあってとても複雑な牡味なんですぅっ」

「へへ、美穂さんならチンポソムリエになれそうじゃん」

これまでなんども蓮人は美穂の口でただフェラを愉しむだけでなく、放尿用の携帯トイレにしたり、わざと恥垢をためてから清拭させたりとまさにやりたい放題していた。

「ご主人さまのチンポなら目隠し状態でも口にくわえただけでわかる自信があります♪」

「だろうな。なんせ穴という穴を俺専用になるまでしっかり躾けたわけだし」

「おかげでこうして喉の奥まで……んむぐぅ、チンポの喉ごしはクセになりますね～」

「おお～、カリ首が擦れてたまらないぜ。その調子でしっかり喉マンコたのむぜ」

蓮人が満足げな吐息を漏らすと美穂の舌づかいがさらに扇情的になる。

その姿はまさに主人に褒められて張り切る牝犬だった。

「ちゅ、ちゅ、はい、どうぞいっぱい気持ちよくなってくださいっ」

「いいよ、いいよ～。美穂さんみたいな美人は生チンポしゃぶらせても似合うもんな」

「んむぐぅ、じゅっぷ、じゅっぷ、喉マンコ奉仕はどうですか？　じゅぷぷぅっ！」

「もちろん最高だ。最初の初々しいのもいいけど、やっぱプロ顔負けのテクはいいよな」

いかにも嫌々しゃぶっている顔には嗜虐心《しぎゃくしん》や支配欲を刺激されたものだが、完全に心酔して甘えるようにしゃぶりついてくる姿というのも同じく牡の欲望を刺激する。

憧れていた女性にベタ惚れの態度を取られてうれしくない男はいないということだ。

「じゅっぷ、れろろ、ご主人さまの妥協を許さない厳しい指導のおかげです♪」

「いやいや、美穂さんの素質があってこそだろ。なんせ美穂さんは肉便器の天才だしな」

「んふふ、夫ですら美穂のお口がザー汁処理用喉マンコになっているのを知りませぇん、知ってるのはご主人さまだけぇ、このチンポだけですぅ、じゅる、じゅぷんっ！」

男根にしゃぶりつき首を前後に振って口腔で肉棒を扱く姿はとてもうれしそうだ。

それだけでも美穂の淫乱な本性が一目瞭然だった。

「れろろ、じゅぷん、こうしてるだけでフワフワした気分になりますぅ、んちゅぅっ！　だんだん現実感が薄れてきて、肉便器こそ本当の自分だって思えてきます、れろんっ！」

今の美穂は興奮して母乳を滴らせる牝だ。

普段の有能キャリアウーマンが仮の姿なのは間違いない。

本人も勃起した男根に誠心誠意奉仕する毎日が自分にとっての日常なのだと自覚がある。

肉棒に絡みつく舌の動きひとつにしても、風俗嬢顔負けのレベルに達していた。

「お口いっぱいのチンポをしゃぶらされてる美穂は、じゅるる、とっても幸せでぇす♪」

「目の色変えてじっくり味わいやがって、そんなに美味いか？」

「もちろん美味しいですぅ、ちゅぷぷ、ヨダレがとまりません、じゅちゅぷぅ！」

いよいよ興奮してきたのか、美穂は喉の奥まで使って蓮人に媚びていた。

慣れないうちはむせてばかりいたイマラチオも、今では平然と食道もオナホとして有効利用するテクニックすら身につけていた。

「喉マンコのチンポ扱きが屈辱的な奉仕だからこそ、病みつきになりますぅ！」

「顎がバカになって口が閉じられなくなるまでやらせたときは俺もメッチャ興奮したぜ」

あの頃の美穂は自分の惨めな姿に耐えかねて、ボロボロ泣きながら肉棒をしゃぶらされていたものだ。

それが今では床の上に水たまりができるほど愛液を滴らせている。

美穂は自分で自分の変わりように笑わずにはいられない。

「美穂さんは自分がド変態マゾだって受け入れられたんだからたいした成長だな」

「はい、人の道を踏み外し堕ちるところまで堕ちた牝が美穂でぇす、じゅちゅぅうぅっ！」

「よしよし、美穂さんのエロ可愛さはとどまるところを知らないな」

蓮人が射精の気配を見せた。

たちまち美穂の動きも激しくなる。

「ありがとうございます、れろろ、ではチンポ扱きラストスパートいきますね♪」

自分が射精させるための肉便器であることが誇らしくてたまらないとばかり、派手なバキュームフェラの音を響かせていた。

口元がヒョットコ状にすぼめられたマヌケ顔になるのも普段とのギャップにより下品でエロティックだ。

「じゅるる、じゅっぷ、じゅっぷ、チンポシコシコぉ♪　じゅぷん、じゅぶぶぅっ！」

「さすがこのへんはもう手慣れたもんだな。いいぞ、このまたっぷり出してやるっ」

「んふぅ、こってり特濃ザー汁くださぁい、んっ、んっ、美穂のお口の中で栄養たっぷりチンポミルクおねがいしますぅ、じゅちゅ、じゅるるっ！」

「よしよし、もっと下品にねだれ。牝なら人の尊厳なんてないんだから余裕だよな？」

美穂が無様に媚びてくる姿にたまらない興奮を覚える蓮人は、必ずといっていいほど射精乞いを懇願させる。美穂にしても被虐感を煽られる命令は望むところだ。

「れろろ、美穂はチンポが大好きでチンポに目がない牝奴隷でぇす、これから種付けしてもらうためのオードブルをご馳走してもらうところでぇす、れろ、れろろんっ！」

「早くごっくんしたいだろ？　スゲェしゃぶりつきだぜ。いいぞ、込み上げてきたっ！」

「ぷるぷるゼリーたっぷりのザー汁を舌の上で転がしながら味わわせていただきますぅ、じゅぷ、じゅぷっ！　だからお恵みくださいっ、特濃ザー汁ぅっ、じゅるる、出してぇっ、じゅぷ、じゅぷ、じゅぶぶぶぶぅっ！」

美穂の卑猥なおねだりに応えるように肉棒が脈動を始める。

精液の気配すら感じ取れるようになった淫婦は睾丸に充満していた精子が一斉に肉棒経由で口内に放たれる瞬間を歓喜の絶頂で迎え入れた。

「くむぐうぅっ、んおおぉおぉっ、じゅる、ぐむうぅ、んっ、んっ、んひぃいいぃっ！」

「くうぅっ、まだ飲むよっ、しっかり口の中にためて唾液と混ぜ合わせてからだっ」

「ぐむうぅ、イグううぅっ、喉マンコでもイッてますぅ、じゅるる、んぐうぅっ！」

特濃の精液が口の中で充満し、独特の男臭と味わいにより舌を犯される気分だった。

まともな感性なら吐き気しか覚えないところだが、生憎と味覚すら変質している。

「ザー汁どんどんチンポからっ、んぐうぅ、じゅるる、ちゅっぷ、まだ出てるぅっ」

「へへ、俺の命令を忘れたのか？　下品な音を立てながらザー汁カクテル作ってみろっ」

「んむぐぅ、ぐぶぶ、じゅぷ、ぐじゅじゅ、れろろ、ぐじゅぐじゅぐじゅううぅっ！」

「う〜ん、これだよこれ。チンポがくすぐったいぜ。よし、じゃあ飲んでもいいぞっ」

口内にあふれる唾液と混ざりあった精液をひと口ずつ嚥下するたびに、脳髄に痺れるような快感が走る。

ごくり、と喉から音が聞こえると同時に美穂の身体も痙攣していた。

「くうぅ、喉ごしがベットリとザー汁が張り付く感じがたまりませんっ、キンタマ直送、出したてフレッシュザー汁カクテルとっても美味しかったでぇす♪」

「尿道の中にまだ残ってるぜ。一滴残らず吸い取れよ」

「はぁい、ちゅう、ちゅう、ちゅるるるぅっ、んんぅ、なんど味わってもデリシャス♪」

　すべてを呑み干すと大きく口を開けて、口内になにも残っていないことを蓮人にアピールする。口元に蓮人の陰毛が張り付いているが、美穂は気にする様子もない。

「ますますチンポがほしくなってきましたっ、どうか早く美穂を孕ませてくださいぃ！」

「もっと具体的に。自分が誰のモノなのかなんのために孕むのかが大事だろうが」

「あぁん、人妻の美穂が夫を裏切って

ご主人さまのモノになった証明に種付けされるんですぅっ！　所有物の牝を孕ませるのは牡の特権っ、だからご主人さまが美穂を孕ませてもそれは当然なんですぅっ！」

美穂の返答に迷いはない。

蓮人の子種で孕まされてこそ、自分の務めを果たすことができる。

そう心の底から思っているからだ。

蓮人の肉棒もこの上なく昂ぶっている。

一時はよその男の人妻になってしまった憧れの女性だ。

それが、心も身体もその未来さえすべて自分のモノにしてやるのだ。

牡の獣性に根ざしたあらゆる欲望が男根に一点集中してもはや暴発寸前だった。

「うん、よしよし。美穂さんは俺に孕まされるべきなんだ。たっぷり可愛がってやるぜ」

せっかく下品な下着にさせたのだから、ここはもっと肉便器らしさを際立たせてやろうと、まんぐり返しのポーズで手足を拘束する。

一方的な性欲処理の道具扱いを受けて美穂は恥辱を覚える。

つまり、躾けられた牝の身体にはたまらないご褒美ということだ。

「あふぅ、こんな格好、まさにザー汁処理の肉便器扱いされてる感が素敵すぎまぁす♪」

「旦那さんのときは優しく愛してもらったんだろ？　だから子供は愛の結晶ってわけだ。でも牝マゾにとってボテ腹は性欲処理に使われた結果だってのを強調してやるぜ」

「うれしいっ、美穂のことを一番よくわかってくれるのはやっぱりご主人さまですっ！」

「だろう？　俺くらい美穂さんの所有者にふさわしい牡はいないぜ」

これがその証だと、少しも萎える気配のない反り返った肉棒を軽く左右に振って美穂に見せびらかす。床に転がされたまま、美穂はうっとりと欲情したまなざしだ。

「とってもたくましくて素敵なチンポですぅっ、カリ首が凶悪な女泣かせですぅっ！」

美穂はこの絶倫を誇る男根に一生を捧げることになっても悔いはない。

蓮人が望むまますべてを差し出す絶対服従の牝奴隷の心構えとして当然のことだから。

「あぁん、子宮が火照って子種乞いしてますぅっ！」

「自分が孕みそうなのが事前にわかるなんて、さすが経産婦はレベルが違うよな」

「それだけ子種を数え切れないくらいこの身体に吐き捨ててもらったからですっ！　もうがまんの限界ですっ、は、早くチンポっ、犯して孕ませてくださいぃっ！」

丸見えの膣口がエサをねだる雛のようにパクパクと閉じたり開いたりしている。

マジで品のない子種乞いだと蓮人が揶揄の笑みを浮かべた。

美穂はうれしそうに淫蕩な心情を訴える。

もう自分で自分の欲望を抑えきれなくなっていた。

人妻として取り返しの付かない受精がしたくてたまらないのだ。

「美穂はご主人さまのモノっ、牝奴隷っ、肉便器ですぅっ、あぁん、チンポぉおぉっ！」

「はいはい、わかったっての。もう二度と人の道に戻れないよう、この俺がしっかり引導渡してやるぜ。いくぞ、美穂さんは俺のモノっ、もう誰にも渡さないから覚悟しろっ」

満を持して、膨張しきった肉棒を勢いよく突き挿れた。

まんぐり返しの態勢ではその衝撃を子宮の一点で受けることになる。

「くひぃぃいぃっ、ふはぁっ、奥までずっぽりご主人さまに埋め尽くされてますぅっ！」

「最初からこっちも全開だっ、杭打ちピストンでマンコボーリングは子宮に効くだろっ」

「んぐぅ、激しいぃのぉっ、硬いチンポで美穂マンコめちゃくちゃに犯されてますぅっ！素敵ですご主人さまぁっ、深いぃっ、カリ高チンポの威力が凄すぎますぅっ！」

「肉便器慣れした美穂さんでなきゃ、牝穴がボロボロになってるかもなっ」

蓮人がどれだけ乱暴に犯しても美穂は逃げることができない。

それが蓮人にとっても美穂にとっても興奮を煽るスパイスになる。

「このままザー汁処理に使われ孕まされるんですねっ、あぁっ、凄いぃっ！」

「ははっ、やっぱ牝を孕ませるってのは本能に訴えるものがあるぜっ！」

激しい抽挿によって膣穴から空気混じりの下品な音が響きまくっていた。

それだけ肉棒と膣腔が寸分の隙間もないほどに密着している証左だ。

夫との性交では味わえなかった牡と牝の一体感に美穂はすっかり酔いしれている。

「あぐぅ、突かれれば突かれるほど蕩けていきますぅ、気持ちよすぎるぅっ！　手足を動けなくされてるから、どうあっても種付けされる未来から逃げられないのぉっ♪」

「美穂さんはオナホだもん。自由意志なんてガン無視されて犯されるのは当然だよな」

「はぁい、チンポに蹂躙《じゅうりん》されてご主人さまが満足するまで解放されない美穂マンコぉ♪　こんな目に遭えるのはご主人さまの牝奴隷だけっ、肉便器最高ですっ、もっとぉっ！」

蓮人は獰猛な笑みを浮かべ、美穂の叫びに応えて肉棒に力を込めて突き入れる。

女体の隅々まで快感の波が走り、同時に水鉄砲のように母乳が噴き出す。

「あぁぁんっ、おっぱいもチンポに屈服でぇす♪　びゅ～びゅ～飛び散っちゃうぅっ！」

「淫乱巨乳から発情ミルクをセルフ顔射しながら牝鳴きしてる浮気妻って最悪だな」

「恥ずかしいですけどこれが美穂の本性なんですぅ、夫が知らない美穂の正体でぇす！」

「へへ、なんで旦那さんは知らない？　将来を誓いあった愛する伴侶なんじゃないの？」

ニヤニヤ笑いながら、浅ましい牝奴隷の言葉を強要する。

自分がどれだけ卑しい存在なのかと美穂の口から語らせる。

そのたびに、蓮人の肉棒は歓喜に脈打つ。

過去の順風満帆な人生を歩んでいた時期の美穂は、蓮人のことをひとりの男性としてまるで歯牙にかけていなかった。

それは確実に蓮人のトラウマになっている。

だからこそ美穂自身に過去を否定させ、現在の蓮人を全肯定してもらうのは救いでもあった。そして蓮人の歪んだ愛情はますます過激になり、美穂の被虐感を刺激する。

「そ、それは夫のチンポに問題がありますぅっ、あぁんっ、いいぃっ、狂っちゃうぅっ！　美穂の卑しい正体を暴くには特別な選ばれし最高チンポが必要なんですぅっ！」

「そこんとこもっと具体的に大きな声で教えてくれよ。俺と美穂さんの仲だろ？」

「くうぅ、んはっ、美穂は天然のマゾ牝なのでぇ、優しいチンポじゃ欲求不満になっちゃいますぅっ！　逆にどんなに美穂が嫌がってもねちっこいセクハラと人格を踏みにじるような辱めこそご褒美ですぅっ！」

　膣内で暴れ回る肉棒が性感帯を刺激するたびにほかでは経験できない快感が弾ける。それは酷く常習性と中毒性のある悦びで、とても健全な理性では抗えない。

「弱みを握られて無理やりのはずが、いつも犯されるたびにイキまくりだったもんな」

「夫のチンポでは味わったことのない快感にメロメロでしたぁ♪　牝穴もケツ穴もはち切れそうな苦しさを覚えていたはずなのにいつの間にか夢中になってしまうんですっ！」

「今だっておっぱいが縦揺れする勢いで犯されてるのにキュンキュン締め付けてくるぞ」

「子宮が弾けるように痺れてぇ、おっぱいでも気持ちいいのが弾けてぇ、もう頭の中はチンポでいっぱいですぅっ、ほかのことは考えられませんっ！」

　体力の限界まで犯され、意識を失うまで絶頂を繰り返しても、また肉棒がほしくなってしまう。蓮人の牝奴隷にされてしまう前に比べて、あきらかに性欲が膨れ上がっていた。

もちろん、普通の成人女性としての性欲は以前からもあった。

しかし、少しばかりムラムラしても夫と抱きあうなり、こっそり自慰で解消するなりでどうにかなっていたレベルだ。

だが今では常に子宮が火照りを覚えていた。

周囲の状況はお構いなしだ。

むしろ発情していることを気づかれたらまずい場面でこそ、よけいに男根がほしくなってしまう始末だ。

「美穂さんって出張に来てからというもの仕事中でも俺の股間をチラチラ見てるだろ？」

「あぁんっ、恥ずかしいですぅ、ご主人さまにはバレバレだったんですねぇっ！」

「へへ、あれだけ真面目で仕事熱心だった美穂さんが勤務中になにを考えているのやら」

「もちろんご主人さまのチンポですぅっ、硬くて太い、あぁんっ、カリ高絶倫チンポのことばかりですっ！　美穂が恥ずかしいから許してってお願いしても、ニヤニヤしながら無視して犯してくるチンポですっ！」

「やっぱり辱められる悦びがクセになってるんだな」

露出プレイで可愛がってやった甲斐があるものだと、蓮人は満足げにうなずく。

ホテルの従業員に痴態を見せつけてやったあとの燃え方も激しかったことからも、美穂の被虐欲を刺激するには他人の視線がとても効果的なのだ。

本来の欲望に目覚めてしまった牝は、むしろ誇らしげにマゾ願望を口にする。

「辱められると感じてしまう牝マゾになったのもご主人さまがぁってのことですぅ、ふはっ、チンポの躾で条件反射になってしまいましたっ！」

元から素質のあった女体が、恥ずかしいイコール気持ちいいと、徹底的に肉棒で教育されてしまったのだ。

純朴で育ちのいい人妻だった美穂が、浅ましい肉欲の底なし沼にあっさりと捕らわれてしまったのは、ある意味、当然のことだったのだろう。

「おかげで今じゃ旦那さんを裏切って俺にベタ惚れしてる変態肉便器だもんな」

「あぁっ、そうですっ、美穂はもうご主人さまなしでは生きていけない牝奴隷ですぅっ！美穂はご主人さまのチンポを心から愛してますぅっ、敬愛ですっ、好き好き勃起チンポなんですぅっ！」

「ま、俺も旦那さんへの勝利宣言だぜ。自慢の絶倫チンポで確実に孕ませて誰がどう見ても美穂さんは俺のモノだって一目瞭然の身体にしてやる！」

「どうかお願いしますっ、早くボテ腹にしてっ、種付け出産肉便器になりますぅっ！」

もはや美穂の懇願に迷いはない。本能レベルで夫を見限っていた。

牝の本性を露わにして、ひたすら淫らな欲望を追い求めている。

蓮人も得意満面だ。

「いい覚悟だっ、そら美穂さんは俺のモノっ、だから孕めっ、オラっ、孕みやがれっ！」

「ひいぃっ、中出しカウントダウンっ、チンポラストスパートっ、激しいのぉおぉっ！」

「まだまだっ、孕め孕め孕めっ、うおぉおおぉっ、孕め孕め孕め孕め孕めぇえぇっ！」

「ふおぉおぉっ、響くぅっ、子宮が弾けちゃうぅっ、出してっ、子種いっぱいぃっ！」

蓮人におもねるための懇願ではなく、心から孕まされたいと思っていた。

子種を迎え入れるために、女体もしっかりと排卵を済ませている。

全身全霊で蓮人の所有物としての証を立てるつもりなのだ。

「ご主人さま大好きぃっ、ザー汁くださいっ、美穂はボテ腹になりますぅうぅっ！」

「出すぞっ、コイツで二度と旦那の元には戻れない身体になれっ、うおぉおぉっ！」

力の限り腰を打ち付け、肉棒に美穂への執着心をたぎらせ、一気に精を放った。

美穂は肢体を拘束されたまま、狂ったように全身を痙攣させる。

「あぁあっ、イッくうぅっ、おほぉおおぉっ、ザー汁直撃ぃ、子宮アクメっ、ひぃっ、ひぃぃっ！　子種が殺到してますっ、あぁっ、イクぅうぅっ、子宮が膨らむぅ、ザー汁でパンパンにぃいぃっ！」

「くうぅっ、キンタマも絶好調だっ、これだけ子種の活きがよけりゃ直撃だろっ」

「あぁんっ、イキまくりマンコぉおぉっ、当たりですぅっ、孕みアクメぇえぇっ！」

子宮が灼きつくように熱い。

いつもの子宮アクメの快感が弾けまくる。

そして、さらに胎内の奥底で甘く蕩けるような多幸感が爆発的に広がり出す。

「ご主人さまの子種でっ、美穂の卵子が絶対受精しましたっ、くおぉおぉっ！」

「出産経験者の証言なら確実だな。はははっ、だったらご褒美もご馳走してやるぜっ」

妊娠の快感なら夫が相手でも味わっていただろう。だからこそ、蓮人はその上をいく。

牝マゾの悦びで夫の記憶を塗りつぶしてやるべく、子宮めがけて放尿した。

「んひぃっ、オシッコありがとうございますぅ、あぁっ、牝穴トイレも気持ちいいぃっ！　イッてる最中なのにオシッコされたら、くうぅっ、イクの止まらなくなるぅっ！」

「だろ？　だからいいんだ。種付けしたからってまだチンポはビンビンだしな」

まだまだ性欲処理に使ってやると、抽挿を持って美穂に宣言する。

絶頂中に犯されるつらさと苦しさは、すっかり美穂の大好物と化していた。

「あふぅ、イキまくりぃっ、肉便器だからチンポから逃げられないのがたまりませんっ」

「普段でも反応が激しいのに、孕んだ身体で強制アクメ責めを受けたら美穂さんどうなっちゃうだろうな？」

「ひぃぃ、そんなの脳ミソ灼きついちゃいますっ、狂い死にしちゃいますぅっ！」

「はははっ、だったらホントに頭がぶっ壊れるか試してやるぜ」

仮に脳が過剰な快感に耐えられなくて色狂い系の後遺症が残っても気にしない。

美穂はあくまで肉便器だ。

蓮人が性欲をスッキリ晴らすまでお構いなしに犯し続ける。

長年の念願が叶って美穂を孕ますことができたおかげで蓮人もテンションが高い。

ふと時計を見る。

休憩なしの六時間ぶっ続けで夢中になって美穂の身体を貪り続けていた。

その間の射精回数はもう数え切れなくなっている。

美穂もすっかり淫獣と化して、ケダモノのような嬌声を響かせていた。

「あぁぁっ、チンポおぉおぉっ、くひぃいっ、イクぅぅっ、孕みマンコアクメぇえぇっ！」

「中がザー汁であふれかえってるのに、まだお代わりをほしがって締め付けてくるぞっ」

「ぐひぃっ、犯されすぎでマンコ粘膜腫れっちゃってますぅっ、ザー汁染みるぅうぅっ！　ちょっとこすられただけで飛び上がりそうなほど痛くて美穂マンコ壊れちゃうぅっ！」

「でもそれがいいんだろ？」

蓮人の腰づかいは荒々しいままだ。

嗜虐的な獣欲が女体への蹂躙を躊躇させない。

激しいスパンキングを受けた乳房や臀部が赤く腫れ上がるように、美穂の大陰唇も赤く腫れ上がっている。

そこに腰を打ち付けられたら激しい痛みを覚えるだろう。

「いいのぉっ、あぁぁっ、マゾ牝マンコっ、チンポに乱暴されてイキまくりぃっ、ド変態マンコぉおぉっ！　くはぁっ、もうなにをされても感じますぅっ、痛いのが快感ですっ、気持ちいいっ、あはぁっ！」

「こんな淫乱ド変態マゾの身体に成り果てたら、旦那さんじゃもう手に負えないな」

「そうですぅっ、美穂にはご主人さまだけぇっ、絶倫チンポの奴隷なのぉっ、あぁっ！」

「じゃあ役立たずチンポと別れて、俺の牝奴隷妻にならなきゃいけないと思わないか？」

蓮人が魂の契約を促す悪魔のような悪辣な笑みを浮かべていた。

そして美穂は狂信者のような瞳で迷いのない幸せそうな笑みで応える。

もうそれ以外の未来はあり得ないと、嗜虐者への隷属を願い出るのだった。

「ふぐうぅっ、もちろんですっ、美穂はご主人さまに嫁いで牝奴隷妻になりますっ！　とっても素敵で夢のようですっ、くひぃっ、チンポ好きぃっ、チンポぉおぉっ！」

「つくづく下品な牝鳴きだな。新しい門出を祝してまたたっぷり中出ししてやるぜっ」

「美穂の孕みマンコがとどめ刺されちゃいますぅっ、牝奴隷妻マンコにされちゃううっ！　夢のようですっ、いっぱい出してっ、ザー汁ぅっ、あぁ、またイクイクイクぅっ！」

牝奴隷妻契約の祝砲だとばかり、少しも濃度が衰えない精液がまたぶちまけられた。

あまりの衝撃的な快感に、たまらず女体の尿道が緩み、勢いよく失禁してしまう。

「おほぉおぉおぉっ、イグイグイグぅうぅっ、ひぃぃっ、効くぅっ、孕みマンコうれションアクメぇぇっ！　ザー汁染みてメチャクチャですっ、くはぁっ、美穂マンコいいぃっ、幸せっ、まだイグぅぅううぅっ！」

「これで美穂さんの心と体は完全に俺のモノだっ、俺の牝奴隷妻に成り下がったぞっ！」

「あぁっ、イキまくりで壊れるぅっ、苦しくてつらくて気持ちいいっ、孕みマンコ痛いのに蕩けるっ！　こんなの人間じゃ味わえませんっ、牝奴隷妻だけの肉便器アクメぇっ！」

「そりゃションベン垂れ流しながら牝鳴きしてたら、普通だったらドン引きされてるぜ」

蓮人の揶揄の声も、発情した牝奴隷妻には耳をくすぐる愛撫にしかならない。

幸せだった人妻の身を堕ちるところまで堕とされたことに感謝の念を抱き、すっかり汚れきった肉便器と化した牝奴隷妻は背徳のアクメ地獄に酔いしれてばかりだ。

「くうぅっ、イッたまま落ちてこないぃっ、あぁっ、死んじゃうぅ、チンポにハメ殺されるぅっ！　あぁんっ、いいぃ、美穂はご主人さまのモノぉっ、孕みマンコにチンポでアクメ殺してぇえぇぇん！」

「本格的に頭がぶっ壊れちゃったかな？　今日のところはこのへんで許してやるか」

「あぁんっ、イヤぁぁっ、チンポ抜かないでぇ、もっと犯してぇっ、もっとチンポぉっ！　ズボズボって孕みマンコで子宮虐めしてくださぁい、美穂のオナホ穴使っててぇん！」

「もちろんこれからはずっと肉便器生活だぜ」

さらに種付けも終わらせるつもりはない。

バンバン孕んでバンバン産みまくってもらう予定だ。

「もっとチンポぉ、はぁ、んんぅ、ザー汁ドピュドピュってぇ、はふぅ、チンポぉ、チンポぉおっ！ もっと犯してぇぇん、美穂はご主人さまのためならぁ……あふぅ、あれ？ ご主人さまぁ……？」

卑しい牝鳴きを繰り返していた美穂だが、絶頂の余韻が引いてくると、少しは理性が戻ってきたようだ。一瞬、自分がどこにいるのかわかっていないように、きょとんと周囲を見回して、小首をかしげている。

だが子宮に満ちている甘い快感に気づくと、すんなりと状況を理解したようだ。

「どうだ、美穂さんは自分がどうなったのか覚えてるか？」

「はぁい、それはもう♥ しっかりとご主人さまの精子で種付けされて牝奴隷妻にしていただきましたぁ♥ 孕んだ悦びで全身が幸せいっぱいになってまぁす、あぁんっ！」

「いっとくけどこれで終わりじゃないからな」

「もちろんですぅ、牝奴隷妻の生活が美穂の日常になるんですね、今まで以上のチンポ漬け生活がぁ♥ 美穂のすべてをご主人さまに捧げますぅ、だからどうか末永くチンポの奴隷としてお使いくださぁい♥」

体液まみれの膣穴から子宮口を丸見えにしながら、うっとりと隷属の忠誠を誓う美穂こと牝奴隷妻の姿がそこにあった。

第八章 牝奴隷妻のビデオレター

美穂の心まで自分のモノにした蓮人は満を持して命じた。

旦那を捨てて、子供と一緒に俺のところに来いと。

今の美穂に否はない。

例えどんな非常識な命令でも絶対服従の姿勢は崩さない。

主人の意に従うこと自体が性的快楽につながる牝奴隷妻にしてみれば当然のところだ。

そして蓮人が美穂とその子供をまとめて引き取ってからしばらくたった。

美穂のお腹はかなり目立つところまで大きくなっている。

蓮人が以前住んでいたアパートは手狭になるからと新しく家を建てた。

もちろん美穂の金でだ。

これからバンバン孕んでもらって大家族になる予定でもあるし、美穂専用の調教部屋も作れるしと、美穂もかなり乗り気で家具や設備にアレコレ注文をつけていた。

オフィスでの背徳行為も継続して行われていた。

ほかの社員が帰宅すると、美穂はスーツを脱いで例の穴あき下着姿になる。

美穂の腹部は大きく膨らんでおり、ひと目で妊娠していることがわかった。

「ドキドキが止まりませんっ、また美穂が一段と卑しい存在になれるのかと思うとっ！」

「堕ちるとこまで堕ちたと思ったけど、いやはや美穂さんのド変態っぷりは底なしだな」

蓮人はビデオカメラを設置しながら動画撮影の準備をしていた。

美穂は早くも興奮していて待ちきれない様子だ。

「はぁい、ご主人さまのおかげで美穂は肉便器として無限に進化できそうです♪」

「きっと旦那さんも美穂さんの変わりっぷりに顎が外れそうなくらい唖然とするかもね」

これから撮影するのは旦那へのビデオレターだ。

美穂の心は完全に蓮人に移っているのだが、夫はまだまだ未練たらたらだった。

「あの人ったらとっくに三行半を突きつけたっていうのに、もうっ。ちゃんと落ち着いて話しあおうとかいってる時点で、まるで美穂のことをわかってない証拠です」

「やっぱ俺みたいに有無をいわさず犯してチンポで屈服させてナンボだよな」

「そうそう、それですっ、さすがご主人さま♪　美穂の所有者だけのことはあります♪」

夫にしてみれば、ある日突然、妻が子供を連れて家を出ていってしまったかたちになる。

美穂の行動はまさに青天の霹靂《へきれき》だ。

美穂と深い愛情で結ばれていたと思っていただけに、動揺もひとしおだった。

美穂にすげなくされても、なにかわけがあるはずだと現実を受け入れられずにいる。

「ま、牝の痴態の限りを尽くしたメッセージを観たらさすがに思い知るだろ」

「はい、がんばって普段どおりの姿をさらしたいと思います」

「んじゃ撮影開始といくか。三、二、一、スタート！」

美穂はカメラの正面に立ち、にこやかに手を振る。

「こほん、あなた、お久しぶり。このビデオを観てるころ、同じものがご両親や親戚にも届いてると思うわ。私たちの結婚を祝福してくれた人たちにも私の正体を知ってもらったほうが話が早いでしょうしね」

破廉恥な下着姿を艶めかしくくねらせて、娼婦のようなしなを作る。

過去の美穂しか知らない者が観たら目を疑う光景だ。

「ふふ、なんならこの映像をネットにばらまいてもいいわ。リベンジポルノってやつ？　今日はね、ご主人さまに美穂の身体を一段と牝奴隷にふさわしい姿にしていただけるの」

これから自分がどんな目に遭うかは事前に蓮人からいい含められていた。

そのことを想像するだけで秘裂が潤んで仕方がない。

「美穂が取り返しの付かない身体にされてしまうところをしっかり観ていてね♪」

カメラに向かってウインクひとつ。

椅子に腰掛け、その身を蓮人に委ねる。

蓮人はあらかじめ用意していたロープを手に取ると、美穂の肢体をキツく拘束する。

「あぁん、まずはこうやって身体の自由を奪われるのっ、なにをされても逃げられないようにね♪　卑猥で下品な落書きは、美穂が肉便器だからよ。人権すらないからどんなこと書かれても文句がいえないわ」

美穂は大きく股を開かされたまま両足を拘束される。

本来ならおいそれと他人に見せるべきではない成熟した女性器が丸見えだ。

肉体関係がある夫はともかく、両親や親戚に発情した秘裂を鑑賞されてしまうのかと思うとマゾの血が騒いでしかたがない。

「そして……あふぅ、ほら美穂マンコがどんどん濡れてくるでしょ、マン汁がトロトロ滴り落ちるのっ！　乳首とクリも痛いくらいに勃起してくるぅっ、そうなの、こんな目に遭わせられて興奮してるのよぉ♪」

うっとりと興奮した表情と楽しげな声色から尋常ではない本性が感じ取れた。

自分はとんでもないド変態で、優しく愛されるよりも虐められるほうが感じてしまう淫乱マゾなのだと全身で主張している。

「ふふ、ビックリした？　でもこんなのまだ序の口よ、ご主人さま、お願いしまぁす♪」

美穂の合図で蓮人は首輪を手に取る。

もちろん美穂の首に巻くためのものだ。

ファッション性は欠片もなく、控えめに表現してもペット用にしか見えない。

美穂は軽くあごを上げ、首を差し出す。

蓮人が首輪を巻き付け、きつめに固定するとそれだけで熱い吐息が漏れてしまう。

「んんぅうっ！　美穂はご主人さまの所有物だからこうして首輪をつけられちゃうのぉ♪　いいわぁ～♪　あなたにつけてもらった婚約指輪よりすっごく興奮しちゃうぅっ！」

首輪ひとつ身につけただけで、異常性が際立つ。

この女は人間ではなく、家畜や愛玩動物のように飼育される牝なのだと強く訴えていた。

「ほらぁ、美穂の身体はどんどん普通じゃなくなってくのぉ♪」

「これから美穂さんはどうなっちゃうのかな？　もったいぶらずに教えてやれよ」

「はぁい、乳首にピアスをつけられてしまいまぁす、ぶっとい針で穴を開けられてぇ♪」

「いい声で鳴いてみせろよ。ちゃちゃっと済ませるからな」

蓮人はピアッシング用の針を手に取る。

最初に軽くサインペンで目印をつけて、あとは一気だ。

「あひぃっ、痛いぃっ、も、もう片方もっ、くううぅっ、いいぃっ、針が貫通ぅっ！　凄いぃ、ジンジンしびれてまぁす、ブツッと穴が開いた瞬間が病みつきになりそうぉ♪」

「全身ピアスまみれの身体ってのも面白そうだな。ま、今はとりあえず……」

乳首を貫通している針をガイドにして、ピアスを取り付ける。

美穂が従順に受け入れているので、作業はすぐに終わった。

「乳首ピアスありがとうございますぅ、いかにも牝奴隷らしいおっぱいでぇす♪」

「うん、似合ってる。これならもっと早くピアスをつけてやればよかったぜ」

「美穂も気に入りましたぁ、これなら次もすっごく楽しみですぅ、あぁん……っ！」

「イヤらしく腰をくねらせやがって、露骨なおねだりだな」

大きく開脚したまま股間をアピールするような動きをカメラに見せつけている。

蓮人に嬲《なぶ》られるようになってからクリトリスは肥大傾向にあった。

今では小指の先ほどのサイズにまでなっている。

おかげで勃起すると簡単にズル剥けになり桜色の頭をハッキリと露出させていた。

夫の知っている美穂はどちらかといえば成人女性としては小さめな小豆サイズだった。

美穂の身体がどれだけ淫らに変えられてしまったのか陰惨な現実を浮き彫りにしている。

美穂と蓮人の視線も、うれしそうにヒクついている肉芽に注がれていた。

「仕方ねぇな。これだけデカくなってたら作業もやりやすいだろうし」

ニヤニヤしながらまたピアッシング用の針を手に取る。

美穂は被虐の期待感で昂ぶり、身震いするほどだ。

「あぁん、くださいっ、イヤらしい勃起クリにも立派なピアスをつけてくださぁい！」

「まかせな。いくぞ！」

「ぐひぃぃっ！　んぐぐぅ、ち、乳首よりも痛いですっ、摘まんで引っ張られるぅっ、いいぃ、伸びちゃうっ、そのままグリグリって穴を開けてぇっ！」

神経が密集している肉芽を金属のピンセットで潰れるほどしっかり固定されていた。

美穂の股間から脳天にかけて激痛の電気が走りたまらず悲鳴をあげてしまう。

「あぁん、痛いっ、痛いぃっ、乱暴ですぅ、そんなクリ引っ張ったら……っ！」

「こっちのほうがやりやすいんだよ。開けた穴がわかりやすいからな」

無理やり引き延ばされたクリトリスを太い針が真横から貫通した。

マゾ性感のない者なら思わず顔をしかめて目をそらす光景だろう。

だが、美穂は軽く潮を吹くほどの快感を味わっている。

蓮人が手早くピアスリングをピアスホールに通すと、美穂はくたりと弛緩した。

「ふはぁ、あはぁん、ありがとうございますぅ、とっても目立つクリピアスですねぇ♪　違和感が凄すぎてっ、これ慣れるまでずっとクリ責めされてるのと同じですよぉ♪」

「慣れたら慣れたで引っ張ったり重りをつけたりして遊んでやるぜ」

「んふふ、肉便器になったからには日常生活に支障が出てもお構いなしですもんね♪」

「へへ、非日常の存在になった証明はボディピアスだけじゃないだろ。次はなにかな？」

蓮人の声も興奮でうわずっている。

まるで特に気に入っている乗り心地がいい車やバイクの外観を弄って、さらに自分好みのカスタムを施しているようなワクワクした気分だ。

美穂も自分が主人好みの身体に改造されていくのだと思うと、それだけで絶頂してしまいそうな快感と多幸感に全身を包まれてしまう。

「あぁん、それは取り消しのつかないタトゥーですぅ、淫乱な印を彫られるんですぅ！」

「これから美穂さんは出産マシーンの肉便器だってひと目でわかる身体になるんだぞ！」

「はい、美穂は母親ではなくザー汁処理機能がついた産む機械になりますぅ！」

期待の声は牝の肉欲にまみれていた。

蓮人はタトゥーマシーンでムッチリと脂ののった下腹部に墨を入れていく。

ジジジジッと小さな振動音が否が応でも牝奴隷妻の期待感を煽った。

同時に、美穂は素肌にヤスリがけを受けているような鋭い痛みを味わうことになる。

「あぁあっ、ピアスの針よりもっと痛いですぅっ、いいぃ、取り返しの付かない身体になる儀式ですねぇ！　ご主人さまの手で淫乱改造されるのはなによりの悦びですぅっ！」

「そんなに凝ったデザインの文字とか図形は無理だけど、簡単なハートやらなにやらの組みあわせでもかなりエロくて下品なタトゥーにはできるんだぜ」

実際に蓮人はそこそこ手慣れた手つきで美穂の下腹部に淫紋を刻み込んでいく。

タトゥーの経験はなくても、学生時代に趣味でイラストを描いていた経験が生きている。

相手が美穂ということで仮に少しばかり失敗してもべつにいいかと無責任になれるのも変に緊張しなくてすんでいた。

やがて染みひとつなかったはずの綺麗な下腹に二度と消せないカラフルな図形が彫り込まれてしまった。

「あふぅ、しっかり牝奴隷妻らしいタトゥーがとってもうれしいでぇす、あぁん！」

「この身体で公衆浴場にいったらヒソヒソ陰口たたかれるだろうな」

「想像しただけでドキドキのマゾ興奮ですぅ、牝穴のヒクヒクも止まりませぇん♪」

クリトリスと下腹の痛みが美穂の欲情を誘っていた。

蓮人に孕まされて堕ちるところまで堕ちたと思っていたのに、まだ底の先があったのだ。

それはつまり、今の位置ですら底辺ではない可能性を示唆している。

肉便器として生きていく以上、もっと悲惨な境遇が用意されていてもおかしくない。

なんとも牝マゾの本性をくすぐる話ではないか。

「仮にも愛した妻がこんな変態だったなんて旦那さんはどんな気持ちだろうな？」

「とても自分の手に負えない淫獣だったって理解してくれたらいいんですけど♪　やっぱり美穂を使いこなせるのはご主人さまだけですっ、絶倫勃起チンポが最高ですっ！」

会社の人間は妊娠した美穂の身体をそれとなく気遣ってくれる。

美穂が優秀な社員で会社に利益をもたらす管理職ということもあって、夫と別れて蓮人と付きあうことになった経緯を深く追求することもない。

実際のところ、さすがに会社の上層部は蓮人と美穂が社内で淫らな行為にふけっている

スケベ
WC
変

ことは薄々気づいてはいる。

黙認しているのは、それだけ会社にとって美穂が必要な人材だからだ。

そんな優秀な美穂をむげに扱うのは平社員の蓮人くらいのものだった。

「俺が望めば腹ボテマンコだろうが好きに使っても問題ないってことだよな」

「もちろんでぇす♪　美穂はそのための肉便器ですっ！」

「これこそが人間やめた卑しい牝奴隷妻だってみんなに教えてやろうぜ」

「はい、ご主人さまの子種で受精済みの牝穴オナホをザー汁処理にお使いくださぁい♪」

パックリ開いた秘裂から媚びるようにヒクついている膣口が丸見えだ。

これなら誰が観ても発情した淫蕩な牝が浅ましく男根をねだっているとわかるだろう。

「チンポ連打で赤ちゃんビックリしちゃうかもしれないですけど、キンタマすっきりが最優先なんでぇす♪　美穂は妊婦オナホですっ、腹ボテ肉便器ですっ、あぁん、だから犯して、中出しいっぱい愉しんでぇっ！」

「毎日チンポの相手をさせられてるってのに美穂さんときたらこのザマだしなっ」

蓮人はあえてカメラの前で肉棒を取り出した。

天井を指し示すほど硬く反り返った男根を美穂の夫に見せつけてやるためだ。

ほかでもない蓮人が夫へ向けた勝利宣言そのものだった。

この肉ヤリでお前の妻だった美穂のすべてを奪い取り服従させたぞ。

夫では満足させてやれない牝でも自分なら心酔させてしまうのだ。

悔しかったらお前のその平凡な逸物で俺の牝奴隷妻に挑んでみるがいい、と煽っていた。

美穂はうっとりとそそり勃つ肉棒を見つめ鼻息を荒くしている。

欲情しきった妊婦にニヤリと笑いかけながら蓮人は肉棒を秘窟にねじり込んだ。

「くひぃいっ、一気に奥までチンポですぅっ、あぁん、埋め尽くされるぅ、いいぃ、チンポいいぃいいっ！　これ好きぃっ、大好きっ、あぁんっ、美穂マンコ幸せぇっ！」

美穂は一瞬で夢中になっていた。

自分の変わり果てた姿を親族に観られたらきっと絶縁されてしまうだろう。

あきれられ、唾を吐かれるかもしれない。

そう考えるとたまらなく結合部が甘く痺れて、胎児を孕んでいる子宮が痺れてしまう。

「あっ、あぁっ、潮吹きマンコぉ♪　乳首からミルクも吹き出ちゃうぅうぅっ！」

「くうぅ、ネットリ絡みついてグイグイ締め付けてきやがるっ、気持ちよすぎだっ」

「ひぃっ、くぐぅ、あ、あなたぁ観てるぅ？　ほら、あなたより倍近いサイズのチンポがずっぽりとっ！　ふあっ、とっても乱暴に突いてくるのぉっ、子宮に響くぅっ、硬いチンポでめった突きなのぉぉん♪」

美穂の嬌声は官能に酔う牝のそれ以外の何物でもない。

蓮人の強烈な突きによって、縛《いまし》めのロープが女体に食い込む。

拘束された肢体に青アザの跡が残ってしまいそうなほどだ。

しかし、そんな痛みすら淫らな愛撫にしか感じられなかった。

「美穂さんはこうやって犯されるのが大好きな変態マゾだ。旦那さん知ってたかい？」

「あぁんっ、そ、そうなのぉっ、太くて硬いチンポでメチャクチャにされるの大好きぃ♪初めてご主人さまの肉便器にされたのも、あひっ、無理やりレイプでしたぁ♪」

「あれは美穂さんが悪いんだぜ。あんなイヤらしい牝の匂いプンプンさせてるんだもん」

蓮人は少しも悪びれない。

罪の意識がないからこそ、遠慮なく凌辱するのだ。

そして美穂も蓮人の一方的な執着を当然のことと受け入れている。

「はいぃ、申し訳ございませぇん、美穂が犯されたのは美穂のせいでぇす、あはぁっ！ムラムラしていたときにチンポを勃起させた牝はザー汁処理に使われても当然でぇす♪」

「初めはキツキツだった牝穴もすぐに馴染んだもんな」

「夫のチンポサイズだった美穂でしたけどぉ、ご主人さまのサイズに拡張されましたぁ♪おかげでチンポとの一体感が最高ですぅ、あぁっ、ご主人さま専用オナホですぅ！」

蓮人の動きにシンクロして膣肉の締め付けが複雑に変化していた。

牝奴隷妻でしか味わえない淫靡で艶めかしい快楽だ。

情欲の昂ぶりに比例して蓮人の抽挿がどんどん激しくなる。

「くひぃっ、かき回されてチンポに蕩かされちゃうぅ、美穂マンコはチンポ堕ちの肉便器なのぉ♪ もう二度と夫のチンポじゃ満足できませんっ、あぁん、凄いぃっ！」

「このボテ腹だって俺の子種だ。美穂さんは完全に俺のモノなんだぜっ」

「そうですぅ、美穂はご主人さまのモノっ、ご主人さま専用肉便器っ、あぁん、チンポ専属オナホですっ！ 牝奴隷妻美穂はご主人さまでないとダメなんですぅっ！」

「イエェ～イ旦那さん観てるぅ～？ 美穂さんは完全に俺にベタ惚れなんだわっ」

カメラのレンズに向かってＶサイン。

蓮人の顔に浮かぶのは牡の優越感だ。

社会的には圧倒的勝ち組である医者の息子よりも、美穂は自分を選んだのだ。

蓮人の口元に、この上なく誇らしげな笑みが自然に浮かんでしまう。

「はぁい、美穂はご主人さまなしでは生きていけないチンポ狂い肉便器になったのぉ♪ くぐうぅ、だからあなたにはこれっぽっちも未練がないのっ、ごめんなさいねぇ♪」

「いってやれいってやれっ、心の底からの本音を教えてやるといいぜっ」

「あふぅ、でもあなたも悪いのよ？ あぁん、だって普通のチンポなんだものぉっ！」

「やっぱ美穂さんレベルを手懐けるには最低でも一時間は犯し続けられないとなっ」

「そうですぅっ、ぷるぷるゼリーたっぷりのザー汁を余裕で十回以上は連続中出ししてほしいでぇす♪ あひぃ、ベストなのはご主人さまみたいに休日一昼夜のアクメ地獄で美穂を壊してくれるチンポでぇす！」

かつては永遠の愛を誓った相手への暴言を口にしても、美穂はもうなにも感じない。

肉便器の自覚を持った牝奴隷妻にとって、取るに足らない淡泊な牡の伴侶に収まった過去は汚点でしかなくなっているからだ。

「美穂さんが本性剥き出しになると人の言葉がしゃべれないレベルの淫獣になるしな」

「くうぅ、キンタマ直送の新鮮子種を中出しされたら当たり前ですぅっ！　どうかこのまま美穂の正体を暴いてくださいっ、美穂の中にザー汁吐きだしてくださいぃっ！」

「もちろんオナホなんだから、しっかり性欲処理に使ってやるよっ」

「うれしいですっ、あひっ、激しいっ、美穂マンコに中出しカウントダウンですっ！」

カリ首や亀頭が膣内の性感帯を刺激してくると、美穂は首を仰け反らして喘ぐ。

官能の汁が浮かび上がり、結合部も白く泡立っていく一方だ。

「孕みマンコにザー汁たっぷり追加してくださいっ、ヒクヒクってチンポがぁっ！」

「ははは、旦那さんに見せつけてやるぜっ、俺と美穂さんの息のあったところをよっ」

「あぁっ、いいぃっ、出してぇっ、ザー汁ぅっ、キンタマが空っぽになるまでぜぇんぶ出してぇっ！　チンポっ、いっしょにっ、美穂とっ、あぁっ、ご主人さま好き好きぃっ！」

人格を踏みにじる恥辱的な扱いで隷属と服従を強いられてしまう。

そのことに深い悦びと快感を覚えていた。

美穂が蓮人に向ける好意が心からの真実であることが嬌声からもわかる。

繰り返される淫蕩な締め付けに応えるように、剛直が一気に射精した。

「イッくううぅっ、んはぁっ、孕みマンコが暴れるぅっ、イキまくりぃいいぃっ、ふほぉおぉぉぉっ！　気持ちいいぃ、脳みそ蕩けるぅ、美穂マンコも蕩けるぅ、ザー汁に完全屈服マンコなのぉおぉっ！」

「どうだっ、こんな無様な牝顔なんて旦那さんは見たことないだろっ！」

「んほぉおぉっ、もっとドピュドピュチンポぉおぉんっ、くはぁっ、中出しアクメぇっ、いつもこんな特濃ザー汁味わえて美穂は幸せ者ですぅ、あぁん、またイクぅうぅっ！」

「妊娠済みでも貪欲に子種をほしがるんだから、やっぱマゾ牝ってのは淫獣だぜっ」

睾丸が甘く痺れる快感を味わいながらなんども精を放つ。

美穂が牝の本性を露わにするのは自分の肉棒だけだとの自負が剛直を萎えさせない。

牝の身体は膣奥で熱い精液を浴びせられると瞬く間に全身が蕩けてしまいそうになる。

「くうぅ、気持ちいいぃ、はぁ、あぁん、き、気持ちよすぎて漏れそうっ……っ！」

「ガマンする必要はないぜっ、美穂さんがいつもどうやってイッてるのか見せてやれっ」

蓮人の命令を耳にした女体は、嬉々と尿道を緩め、自ら失禁を披露した。

チョロリと最初の一滴が漏れてしまう。

あとはもう決壊した堤防も同然だ。

自力で止められない排尿を見世物にされるのは極上の被虐感を味わえた
「んひぃっ、うれションアクメをご覧くださいぃ、あぁ、オシッコだだ漏れぇっ！」

「へへ、人間だったとても見せられたもんじゃないだらしない格好だな」

「そうですねぇ、観てぇっ、あなたぁっ、美穂はWピースしながらお漏らしアクメしちゃうのぉっ、でも美穂はもう人間じゃないからこれで当たり前なんでぇす、あふぅ……っ」

とても成人女性とは思えない、惨めで滑稽《こっけい》な姿だった。

もし純情な少年が密かに恋い焦がれていた令嬢がこんなアヘ顔を浮かべていたら、百年の恋も冷めること間違いなしだ。

「はぁ、んんぅ、美穂は夫を見限りご主人さまの牝奴隷妻としてぇ、一生を肉便器として捧げるんでぇす♥」

膣穴から濃厚な本気汁があふれでる。

母乳も際限なく滴らせ、目つきも常軌を逸している。

でもそれこそが美穂であり、蓮人の愛すべき卑しい性欲処理用の牝オナホだった。

エピローグ

美穂と一緒になってからというもの、蓮人の運気はうなぎ登りだった。

仕事面では美穂が手厚くサポートしてくれる上に功績も譲ってくれるので一気に給料が倍になった。

もちろん私生活のサポートもパーフェクトだ。

家事に家計簿、それに近所づきあいとこの上ない優秀な若奥さまをこなしている。

ちなみに美穂は近所の奥さまたちに自分がチンポ狂いのチンポ大好きセックスマシーンだと公言している。

当初はあからさまに風紀を乱す存在に顔をしかめる住民たちだった。

しかし、どうやらそれは表面的なものだったようだ。

夜の夫婦生活で悩みを抱える奥さまたちは意外と多い。

それが個人のトップシークレットである性癖についてならなおさらだ。

こっそりと美穂に相談しにくることがしばしばあった。

美穂の実体験を元にした様々なアドバイスはかなり的を射ている。

ちょっと人に聞きづらいシモ関係の話でも美穂なら親身になって相談に応じてくれるからと、いつのまにか町内会で影の重役的な存在になっていた。

今の蓮人の毎日は自由気ままに子供たちと遊ぶか、自由気ままに美穂と遊んでいるかのどちらかである。

それというのも、美穂が出産するたびに育児休暇は蓮人が取っているからだ。

ルール上は問題ないので会社の育児制度をこれでもかというように利用していた。

朝、散らかし放題の自室で、蓮人はふと目を覚ました。

穴あき下着姿の美穂が軽く蓮人の肩を揺すっている。

「ご主人さま、朝ですよ。今日もいい天気です」

「……むが？　ああ、おはよう美穂さん。今朝もドエロ可愛いよ」

「ありがとうございます。ご主人さまも相変わらず朝からビンビンにチンポが自己主張してますね。夕べもあれだけ射精したのにさすがです♥」

「そりゃ俺のチンポは美穂さんセンサーも兼ねてるからな。今朝も朝勃ち処理たのむぞ」

「はい、もちろんです。チンポへのご奉仕はすべて美穂の義務ですから」

いそいそと蓮人の上に腰を下ろすと、慣れた仕草で肉棒を膣穴で受け入れていく。

美穂はこれまで五人の女児を出産している。

その産道は緩むどころかますます艶めかしい吸引力と締め付けかたを身につけていた。

「んんぅっ、チンポ、付け根までずっぽりですぅ、はぁ、あふぅ、くうぅぅっ！」

淫らな笑みを浮かべながら軽く腰を揺すって結合部を馴染ませている。

美穂の牝穴は常に潤んでいるようなものなのでいきなり抽挿しても問題はない。

だからこれは準備や愛撫というよりも体調確認の意味あいが大きい。

「あふぅ、んんぅ、張り艶堅さに反り返り具合、くふぅ、我慢汁もたっぷり♥　あぁん、ご主人さまは今日も元気いっぱいっ、健康そのものでなによりですぅっ！」

「チンポの勃ち具合でそれだけわかるんだから美穂さんはスゲェぜ」

「はぁ、はぁ、チンポを挿れて健康診断♪　美穂はとっても便利な機能がついてる肉便器ですから♪　そしてぇ、チンポに反応してマン汁がどんどん溢れてきてぇ、あはぁっ！」

膣腔の充実感がたまらないとばかり身をよじった。

豊満極まりない双丘がブルンと揺れて、乳首から白いミルクが吹き出す。

「あぁん、おっぱい射精ぇ♥　これもチンポが元気だからこその反応なんですぅっ！」

「年がら年中、孕んだり産んだりしてるせいか、この淫乱巨乳ときたら母乳の出方も人間離れしてるよな」

「こうしてチンポと合体している限り、ホルスタインにだって負けませんよ～♪」

「生まれた子供をみんな母乳で育てているけど、まだまだ余裕がありまくりだもんな」

「それだけご主人さまが美穂のことひっきりなしに肉便器扱いしてくれるからでぇす♥」

と、そこに一番上の娘がひょっこりと顔を出す。

「ママ〜、パパ起きた〜？」

「んんぅ、ふぅ、ええ、ほらチンポも元気いっぱいでしょ♪」

腰を振りながら膣口から出入りする肉棒を見せつける。

一般的な母親なら夫との情事を娘に見られるのはとても嫌がるだろう。

しかし、倫理観が牝奴隷の基準になっている美穂はむしろ得意顔だ。

「はぁ、はぁ、朝ご飯はパパのチンポがスッキリしてからよ。お行儀良く待っててね」

「はぁい、じゃあ終わるまでここで見てる！」

「おう、好きにすればいい。美穂さんも悦ぶだろうしな」

「あぁん、もうご主人さまったらぁ♪　はい、そのとおりでぇす♥」

興奮してジッとしていられないのか、自分で自分の乳房を乱暴に揉みしだく。

腰の動きも派手になる一方で、抽挿の水音もグチョグチョと大きくなる。

「はぁ、はぁ、気持ちいいぃっ、身体もおっぱいまみれになっちゃうぅ、あぁっ！」

「いいねぇ、やっぱ美穂さんときたらこのエロ乳臭い身体だぜっ」

「くうぅん、チンポがもっと元気にぃっ、ご主人さまったら母乳フェチなんだからぁ♪」

「へへ、誰のせいだと思ってるんだよ」

ニヤニヤしながら軽く腰を突き上げると、肉棒がグリッと子宮を抉った。

美穂の背筋に艶めかしい痙攣《けいれん》が走る。

大きな快感を味わっていることが傍目からでもわかった。

「くひぃっ、素敵ぃっ、大きくて硬いのっ、蕩けちゃうぅ、好き好きチンポぉ♪」

「ママとってもうれしそう！　いいなぁ、早く私もパパの肉便器したい！」

「ははは、だったらがんばって大きくならないとな。パパが好きなのは美穂さんみたいな淫乱巨乳の牝マゾチンポ狂いだし」

「む～、いつもそういって、おままごとでもちんちん大きくしてくれないのズルイ！」

「あんっ、焦らなくても大丈夫。あなたは小学校に上がったばかりなんだから♪」

「だってぇ、作文でもしょうらいのゆめはパパの肉便器って書いたのにぃ！」

普段の生活環境か、はたまた美穂と同じ血が流れている影響か。

娘は男女の淫蕩極まりない性行為に興味津々だった。

美穂のマネなのだろう。

おままごとで全裸になって幼い肢体を蓮人にこすりつけてくることもしょっちゅうだ。

第二次成長期を迎える前の幼女特有の瑞々しくてきめの細かい柔肌や、染みひとつない真っ白なパイパンマンコに背徳的なものを感じないではない。

小さな手で亀頭をなで回してくる姿はガチのペドフェリアなら垂涎の光景だろう。

だが、蓮人にしてみるとどうしてもエロさよりも可愛さを感じずにはいられない。

Ｊ Ｓが一生懸命に肉棒を勃起させようとがんばっている姿には微笑ましさを覚える。どうしても、がんばれ、がんばれと応援してやりたくなる蓮人だった。

「俺としては来る者拒まずだ。ちゃんと俺を勃起させられるようになったら、いつでも美穂さんみたいに扱ってやるから安心しろ」

「じゃあパパ今すぐロリコンになってよ！」

「ははは、だったらせめてロリ巨乳になってくれ。パパは根っからのおっぱい星人だぜ」

「む～、ズルイっ、ズルイっ、ズ～ル～イ～！」

「あんっ、あぁんっ、そんなにがんばりたいなら、あひっ、こんどみんなでお風呂に入るときにいいこと教えてあげる♪」

なにかを思いついたのか、美穂が娘にウインクする。

膣肉の反応は背徳的な興奮を味わっている卑しい牝のままだ。

「あっ、あっ、パパはお風呂でソープランドごっこするの大好きだから、あぁんっ、あなたの小さな身体でもできる素股テクをママが教えてあげるわね、あひっ、あはぁっ！」

「でもパパ私だとちんちん大きくしてくれないよ？」

「それも大丈夫っ、あひっ、ママを恥ずかしい格好で縛って、あなたの両手でママの牝穴とケツ穴を同時にフィストファックするのぉっ♥」

「ほほう、考えたな美穂さん。娘に嬲《なぶ》られて牝鳴きする母親の姿を見せつける気か」

そのときの姿を想像しただけで、肉棒が敏感に反応した。

蓮人の性癖を知り抜いている美穂ならではの発想は確かに効果は絶大だろう。

「パパは私がママのエッチな穴をいじめたらうれしい？　ちんちん大きくなる？」

「もちろんだ。さらにいえばエッチなおっぱいをいじめてる姿も見てみたいなぁ」

「お任せくださいっ、まずは美穂をまんぐりがえしで拘束しますっ、次に搾乳器で母乳を吸い出し、そのままお尻に母乳浣腸っ、それを美穂がお漏らしするまで繰り返します♥」

「おお、つまりケツ穴からミルクの噴水芸しながら全身を母乳まみれにするってことか」

思わず脱帽しそうなほどの素晴らしいアイディアだった。

というか是非とも見てみたい。

「うわ～、ちんちんピクピクしてるぅ、パパってほんとママのおっぱい好きだよね♪」

「へへ、そりゃな。どこかの誰かさんがパパをそんな母乳マニアにしたせいでな」

「ごめんなさぁい、美穂がチンポ大好きオーラを振りまいていたからですねぇ、くうぅ、母乳で興奮させたお詫びに責任を持ってザー汁処理いたしまぁすっ！」

美穂の腰振りが激しくなった。

同時に秘窟で弾ける官能の波に悶えるように、自分の両手で左右の乳房を派手に揉みしだき、勃起している乳首を指で乱暴に扱き出す。

濃厚で甘い香りの母乳が周囲に飛び散る。

蓮人の部屋はあっという間にミルクの匂いでいっぱいになった。

「実の娘に責められるのがそんなに興奮するか。淫乱マゾはこれだから」

「はぁい、美穂は淫乱マゾですぅ、だからチンポが絡むと自制できませぇん、チンポへのご奉仕は牝奴隷妻の義務ですけどぉ、実はとっくにただの趣味になってまぁす♥」

「だよな～、美穂さんくらい子供の教育に悪い母親は見たことがないぜ」

「耳が痛いですぅっ、ゾクゾク興奮する罵倒でぇす、も、もうがまんできませんっ！」

娘の目の前でも下劣な性奉仕に誠心誠意の熱意を込めて励んでしまう。

この調子では長女のみならず、次女や三女も続いて肉便器の未来を希望する牝奴隷になってしまうかもしれない。

そうわかっていても、美穂は淫らな被虐欲を止められない。

「チンポ♪　チンポ♪　あひっ、シコシコチンポでザー汁どっぴゅんでぇすっ！」

「おおぉっ、朝っぱらからこのテンションと吸引力っ、やっぱ牝の年期が違うな～」

「くうぅっ、熱いチンポが奥までみっちりぃっ、美穂マンコは幸せ者ですぅ、あぁぁっ！　最高ぉっ、ご主人さまの牝奴隷妻は感謝の毎日ですぅ、チンポで満たされてますっ！」

「もう前の旦那さんのことは思い出すことすらないのか？」

あれでも美穂には初めて孕ましてもらえた相手になる。

わざわざ、そのとき妊娠した実の娘の前で問いかけるのは、マゾ牝の恥辱を煽るためでもあるが、牝奴隷妻が嬉々と媚びてくる姿にたまらなく自尊心をくすぐられるからだ。

美穂ならどんな仕打ちをしても悦んでくれる。

愛しい美人妻に牝の顔で自分を全面肯定されるのは愉悦の限りだった。

「むしろそのおかげで肉便器にされるのが数年は遅れたんですから若気の至りでしかないでぇす♪　ご主人さまが入社してきたときに即犯されてたらと思うと、あぁん、残念でたまりませんっ、あひぃっ！」

案の上の答えに蓮人は牡のプライドを刺激されて満足げに口角をつり上げる。

極上の牝が自分に魂の底から心酔している姿というものは、いくら見ても飽きない。

蓮人は自分の生涯で最高の成果は美穂を自分のモノにできたことだと確信していた。

あのとき、欲望のまま美穂をレイプして本当によかったと思っている。

「新入社員にとっちゃ役付の女上司なんて高嶺の花だったしな～」

「でもその正体は、朝からチンポにまたがって腰を振ってる牝オナホですけどね♪」

「勝ち組人生よりもチンポに服従する一生を選んだとんでもない淫乱マンコだもんな」

「そ、そうですぅっ、地位や名誉なんてこのチンポの前ではなんの価値もありませぇん！　凄いぃっ、おっぱいもチンポ最高っていってますっ、マゾ乳ミルクが乳首射精ぃっ！」

派手に母乳を飛ばすたびに、熱くなった膣壁も艶めかしい蠕動《ぜんどう》を繰り返す。

あからさまに甘えてくる締め付けは、身もふたもないご褒美のおねだりだった。

「朝勃ちチンポなのに破壊力ありすぎですぅっ、ほかのことが考えられませぇんっ！」

「へへ、奉仕する立場を忘れてがっつり貪りついてんじゃねぇぞ。ケダモノマンコが」

「ご主人さまのチンポが悪いんですぅっ、狂っちゃうぅぅっ、脳みそ灼きつくぅぅっ！　たっぷり中出しされるまで治まりませんっ、美穂はもうチンポ扱きマシーンですぅっ！」

「牝奴隷妻になってチンポへの遠慮がなくなったら、なにかあればすぐにこれだ」

蓮人が命じればどんな場所でも即座に性欲処理に応じる便利な肉便器だけあって、牝の欲望を抑えることはいっさいなくなっていた。

多くの人の目にさらされながら、周囲に見せつけるように蓮人の肉棒を相手させられる機会も珍しいことではない。

「あふぅ、素敵ぃ、硬くて大きぃ♪　たくましくてとっても意地悪ぅ♪　ご主人さまぁ♪　シコシコチンポぉっ、ザー汁ほしいですっ、子宮にたっぷり子種をぶちまけてぇっ！」

「ほしけりゃ美穂さんががんばるしかねぇだろ。ほらほら、もっと俺を興奮させてみな」

「あぁん、お預けなんて意地悪ですぅ、一生懸命シコシコしますからぁ、どうか美穂マンコでザー汁処理してくださぁい、あひっ、くぅ、いいぃ、チンポシコシコぉおっ！」

母乳まみれのエロボディが派手に弾んでいる。

熱を帯びた膣腔も貪欲な蠕動が止まらない。

全身全霊で主人の子種を求める姿に蓮人はこの上ない優越感を覚える。

「美穂さんくらい優秀な肉便器がいれば、この先、一生ザー汁処理に困らないだろうな」

「はぁい、とっても孕みやすい優秀な母胎で種付け遊びできるのが自慢でぇすっ！　ご主人さまは好きなだけ美穂を孕ませてくださぁいっ、そのための牝奴隷妻ですぅっ！」

「ぽこぽこ産んでるから、今だともう妊娠してない時期のほうがレアだもんな」

「活きのいい子種を無尽蔵に増産しつづける優秀なキンタマあってのことっ、つまりチンポが凄いんです！　美穂は孕みアクメの虜ですぅ、だからまた孕ませてくださいっ！」

露骨な孕み乞いを裏付けるかのように、乳房が派手に弾むほど激しい腰振りだった。

美穂の下になっている蓮人も、もはや母乳まみれだ。

「ふふふ、そんなに俺の子種で孕みたいのか」

「はぁい、チンポのためにすべてを捧げた美穂にとってご主人さまに種付けされるのは最高の栄誉ですっ！　美穂はご主人さまに孕まされたいですっ、種付けされたいですっ、妊娠遊びに牝穴使われたいでぇすっ！」

「素直にチンポ狂いの欲望をさらけ出したご褒美に朝一の濃いやつを出してやるぜっ」

「うれしいっ、ありがとうございますっ、じゃあくださいっ、早く美穂マンコにぃっ！」

膣肉がうねって絡みついてくるおかげで、肉棒は天国のような気分で揉みくちゃにされている。蓮人の精力が底なしなら、美穂の淫乱っぷりも底なしだ。

毎夜のように貪るような情事を繰り返しているのは美穂も同じだが、みじんも肉棒に飽

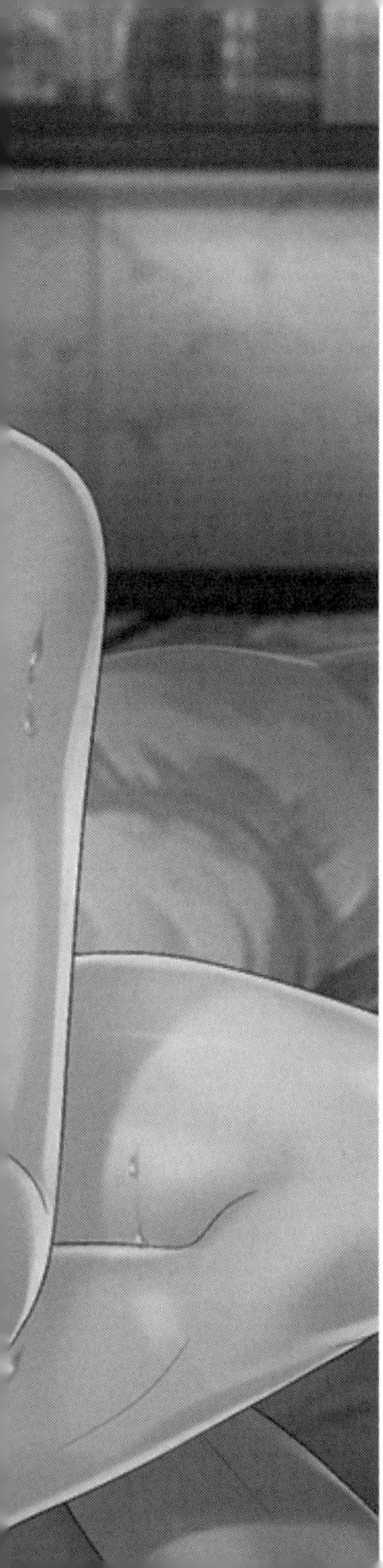

きる気がしない。

「くださいっ、チンポっ、あひぃっ、ザー汁ぅっ、ドピュドピュ早くぅっ、子種ぇっ！」

「ママすごぉいっ、やっぱりママは頭おかしいちんちん狂いなんだぁ♪」

「あぁっ、ご主人さまといっしょにっ、チンポとマンコのコラボアクメぇぇぇぇっ！」

「いいぜっ、出すぞっ、こいつでまた孕めっ、この子宮は俺のモノだぁっ！」

気合いを込めて、これでもかと精を放つ。

あまりの勢いに結合部から精液があふれ出すと、美穂も弾かれるように仰け反った。

「イグイグイグぅぅうぅっ、んほぉおぉっ、くはぁっ、ザー汁直撃ぃっ、子宮が孕み堕ちらのぉおぉっ！　アクメマンコぉおぉっ、奥まで弾けてりゅうぅっ、おおぉおおぉっ！」

「ははははっ、美穂さん卵子の集団レイプ会場はここですか？　もっと喰らえっ！」

「ひいぃっ、孕《はり》ゃむうぅっ、イグぅっ、んはっ、チンポに屈服アグメぇぇぇぇっ！」

肉棒が射精で脈動すると、シンクロするように美穂の身体が絶頂で痙攣する。

これまで無数に味わってきた中出しアクメだが、その快感に慣れることはなさそうだ。

「ぎもぢいいぃっ！　おほぉおぉっ、最高らのぉっ、イギまぐりいぃいいぃっ！」

「で、美穂さんが好きなのはザー汁だけじゃないだろ？」

当たり前のように膣内で放尿した。

精液で過敏になっている粘膜を小水で洗われるのは、とてもゾクゾクするような汚辱感が伴い牝奴隷妻には最高にハイな気分になれる仕打ちだった。

「あぁあっ、蕩けりゅうぅっ、オシッコ出されるトイレマンコが超幸せらろぉおぉっ！」

「朝一だからこっちもスッキリさせてもらわないとな」

「女の子の恥ずかしい部分をぉ、孕みマンコにされてトイレマンコに使われる悦びぃっ♥　まさに牝マゾでしか味わえにゃいご褒美れふぅ、もっともっとぉ、汚して穢してぇっ♥」

「完璧に美穂さんは俺のモノだ。卵子の一個だって無駄にしないで愉しませてもらうぜ」

「あはぁ、美穂はご主人さまの牝奴隷妻れぇす、人権を放棄して絶対服従を誓ったオナホ牝れぇす♥　全身全霊をもってぇ生涯を肉便器いたしまぁす！　あぁん、好き好き大好きカリ高勃起チンポぉおぉん♥」

下品な咆哮をあげる美穂はほかに類を見ない最高の牝だ。

蓮人はこの程度で満足することなく、どんどん孕ませまくってやろうと心に誓った。

事実、これからも美穂は次々と出産を繰り返すことになる。

奇特なことに、その子供たちはみんな女児だった。

美穂の才能を引き継ぐかのように、誰も彼もが蓮人の肉便器になりたがり、蓮人もまた美穂の娘たちに手を出し続ける。

やることをやれば娘だろうが妊娠はする。

そして、歴史は繰り返すとばかり、孫たちも蓮人の肉便器になりたがり……。


やがて時は経ち、蓮人はピンピンしたまま男性の世界最高齢の記録を塗り替えた。

インタビュアーに長寿の秘訣はと聞かれて蓮人は胸を張って答える。

長生きの秘訣は最高の牝たちを自分専用肉便器にすることだと。

そう自信満々で語る蓮人の周囲には、乳首とクリトリスにピアスを取り付けた、無数の艶めかしい美女や少女たちが全裸で幸せそうに控えていた。

そして彼の股間には、女性の世界最高齢の記録を塗り替えた、とても老婆とは思えない張りと艶のある巨乳を備えた白髪の美熟女牝奴隷がしゃぶりついていたという。

有巻洋太

Yota Arimaki

みなさんこんにちは。有巻洋太です。
本作はMiel様の同タイトルエロゲの
ノベライズとなります。
いまだに自分の名前が本屋さんの棚に並んでいるのは
不思議な気分が拭えません。
本作を気に入っていただけたかたは、
おひとつゲーム版もいかがでしょうか。
お安いですよ。
基本的な内容はノベルもゲームも変わりはありません。
ただ媒体の違いよって表現できるものに
どうしても差異があり、
本作もゲームでは表現できないプラスαが
書き加えられています。
そうした要素は筆者にとって
ノベライズの楽しみのひとつですね。
それではすべての読者様に
性癖ドストライクなエロとの出会いがあらんことを。

オトナ文庫

人妻《ひとづま》母乳《ぼにゅう》上司《じょうし》

～職場《しょくば》で乳《ちち》の匂《にお》いをさせる人妻上司《ひとづまじょうし》を寝取《ねと》り孕《はら》ませ！～

2020年 8月28日　初版第１刷 発行

■著　　者　　有巻洋太
■イラスト　　T-28
■原　　作　　Miel

発行人：久保田裕
発行元：株式会社パラダイム
〒166-0004
東京都杉並区阿佐谷南1-36-4
三幸ビル4A
TEL 03-5306-6921
印刷所：中央精版印刷株式会社

OB-212